セシル文庫

王子と子育て

～ベビーシッターシンデレラ物語～

墨谷佐和

JN267466

イラストレーション／秋山こいと

◆目次

王子と子育て
〜ベビーシッターシンデレラ物語〜 …………… 5
あとがき …………… 266

この作品はフィクションです。
実在の人物・団体・事件などに
一切関係ありません。

王子と子育て

～ベビーシッターシンデレラ物語～

1

高く青い空に、赤い風船が吸い込まれるように上昇していく。その鮮やかな色のコントラストが眩《まぶ》しくて、藤堂瀬名《とうどうせな》は目を細めて空を見上げた。

誰かが手放してしまったのだろうか。地上の喧噪《けんそう》を離れて、ぽつんと浮かぶそれが寂しげで、まるで今の自分みたいだと思う。

大学卒業を間近に控えた瀬名は、先日、たった一人の肉親だった祖母を亡くして天涯《てんがい》孤独の身となった。幼い頃に両親と死に別れた自分を大切に育ててくれたおばあちゃん。社会人になって、これから楽をさせてあげようと思っていたのに。

さらによくないことは続くもので、内定をもらっていた会社が、先日倒産してしまった。海外の絵本や児童書を扱う出版社で、そこで翻訳や装丁《そうてい》を勉強して、外国の優れた読み物を日本の子どもたちに広めることが瀬名の夢だった。その道もまた、断たれてしまったのだ。

サラサラの黒い髪に、くっきり二重の黒い瞳。子どもの頃は度々《たびたび》、女の子に間違われた綺麗な顔立ちに、憂《うれ》いのかげりが浮かんでいる。

「キャラメルポップコーン一つね」

注文が来て、こぼれかけていたため息を仕舞いこみ、咄嗟に笑顔を作る。

瀬名は、『フェアリーランド』というテーマパークでポップコーンを売るアルバイトをしている。世界的にも有名な、幸せあふれる夢の国だ。スタッフとして、冴えない表情は厳禁だといつも言われている。

元々、がんばりやで明るい性格の瀬名だけれど、今、笑うのはとても辛《つら》いことだった。

家族も夢も失くして、これからどうやって生きていけばいいのかと悩んでいるのだ。だが、だからこそバイトを休むわけにはいかなかった。何と言っても、生活がかかっているのだから。

「どうぞ、行ってらっしゃい！」

山盛りのポップコーンを待っていた親子に手渡す。精いっぱいの笑顔で彼らを見送って、ふっと息をついた時だ。瀬名は、自分のことをじっと見つめてくる視線を感じた。

誰だろう？　と思いつつ、辺りを見渡す。すると、ポップコーンワゴンの数メートル向こうに、小さな天使が立っているのが見えた。

（えっ？）

大袈裟でなく、心からそう思ったのだ。

光に透ける髪は、はちみつみたいな金色で、くるくるとあっちこっち好きな方を向いている。濃いまつげに縁どられてぱっちりと見開かれた大きな目は、空を写しとったような澄んだブルーだ。小さく開かれた唇は、みずみずしい苺《いちご》を思わせた。

翼を背負っていないのが不思議なくらいの、聖《きよ》らかで愛らしい外国人の男の子だ。まだ二歳くらいだろうか。宗教画から抜け出したようなその天使が、瀬名を一心に見つめている。

（可愛い……！）

注がれる視線に応えるように、瀬名はにっこりとその天使ちゃんに笑いかけた。そうせずにはいられなかったのだ。すると、ぱあっと光り輝くような笑みが彼の顔いっぱいに広がった。

「マミィ！」

澄んだ声を上げて駆け寄ってくる。『抱っこして』というように両手を伸ばしてくる仕草に、瀬名の心がきゅんと甘く疼いた。

「マミィ、マミィ」

抱き上げてやると、彼は嬉しそうに瀬名の首筋に顔を擦りつけてきた。金色のまき毛がくすぐったくて、甘えてくるのが可愛くて、思わずぎゅっと抱きしめてしまう。

「僕のこと、ママと間違えてる？」

英語で問うと、彼はまた「マミィ！」と呼んで、瀬名の袖をぎゅっと掴んだ。間違えてないもん、と言いたげに、唇をちょっと尖らせている。

うーん、英語で伝わってるのかな？　それに、これくらいの年の子は、自分の名前をちゃんと言えるものなんだろうか。

もし迷子だったら大変だし……瀬名はもう一度英語で問いかけてみた。大学の英文科で児童文学を専攻しているので、英語に不自由はない。

「君のおなまえ、教えて？」

「フラン」

ちょこんと首を傾げて答える。やった、通じた……！　それにしても、何て可愛い仕草だろう。

「僕はセナだよ。マミィじゃないんだ。わかるかな？　セ・ナ」

「シェナ？」

「そう！」

通じ合ったのが嬉しくて抱っこしたまま高い高いをしてやると、フランもまた、嬉しくてたまらないといったように、きゃっきゃっと声を上げた。そのまま脇を支えてブランコみたいに揺らしたり、肩車でぐるぐる回ったりして、ひとしきりじゃれ合って遊んでしまった。

ふと我に返れば、ポップコーンワゴンの周りに何人かの列ができていた。

（しまった。仕事中だった……）

だが、瀬名とフランが遊んでいる様子が微笑《ほほえ》ましかったのか、それとも何かのパフォーマンスだと思われたのか、周囲の雰囲気は和《なご》やかだった。

「ちょっとここで待っててね」

フランを休憩用のいすに座らせて、慌てて仕事に戻る。両手を膝に置いてお行儀《ぎょうぎ》よく座っている様子が可愛いので、まるで、ポップコーンワゴンのマスコットみたいだ。それに、こうしていれば、フランのパパかママが現れるだろう。

しかしその間も、フランを探しに来る人は現れなかった。それらしい雰囲気の迷子《まいご》アナウンスも流れない。

（このままじゃだめだよね）

心の中で思案しながら、キャラメルをからめたポップコーンを紙コップに入れて手渡すと、フランは両手で受け取って、ぴょこんと頭を下げた。

「あーと！」

「えらいね、ちゃんとありがとうが言えるんだ」

そんな愛らしい姿を見ていると、フランと別れるのが名残り惜しくなってくる。だが、きっとパパとママが探している。瀬名は、フランの手を取って迷子センターへと足を向けた。

だが、当の本人はパパやママとはぐれていることがわかっていないのかもしれない。ポップコーンを頬張りながら、ずっとご機嫌だ。

「美味《おい》しい？」

「おいちー！」

舌ったらずでそう言って、指で摘んだポップコーンを差し出してくる。

「シェナ、あーん」

「あーん」

ぱくっと大げさに口にすると、フランはきゃーっと声を上げて喜んだ。もういっかい、とばかりに何度も挑《いど》んでくるので、瀬名はその度にポップコーンを食べなければならなかった。

「もう、おなかいっぱい！」

「いっぱい？」

青い目が問いかけてくる。ごちそうさま、と答えると、フランはまたきゃっきゃっと笑った。口元にくっきりとエクボが刻《きざ》まれる。可愛くって、思わず顔が緩んでしまう。

ごく自然に何の苦《く》もなく笑っている自分に気がついて、瀬名は心底驚いていた。フランと出会う前は、もう二度と心から笑えないんじゃないかと思うくらいに落ち込んでいたのに。

（フランのおかげだな……）

心の中で噛みしめて、小さな手をそっと握る。握り返された手をしっかりと繋《つな》いで、木がうっそうと生《お》い茂《しげ》る、人通りの少ない小道に差し掛かった時だった。

突然、二人の行く手を数人の男たちが遮《さえぎ》った。テーマパークにはそぐわないダークスーツ姿の、一様に威圧感のある外国人たちだ。その中の一人が一歩前に踏み出したかと思うと、突然、フランの前にひざまずいた。

「こんな所に……お探ししましたよ、フランシス様」

フランシス様？

驚いた瀬名がフランを見ると、フランは怯《おび》えるように身体を硬くして、ぎゅっと瀬名の手に縋《すが》りついてきた。

「あの……この子のご家族の方ですか？」

訊ねた瀬名を無視して、男はフランに手を差し出す。

「さあ、帰りましょう。おばあさまがお待ちですよ」

「や！」

フランは全身で男の手を拒《こば》んだ。瀬名にしがみつき、離れようとしない。単なるワガママではなく、必死で男たちを拒否している様子が伝わってくる。

「この方を、こちらへ渡しなさい」

立ち上がり、男は瀬名を見下ろした。さっきは無視したのに、随分と不遜《ふそん》な命令だ。だが、こんなに嫌がっているフランを渡すわけにはいかない。何かがおかしいと、瀬名の第六感が告げていた。

「名乗りもしないような人たちに、この子を渡すことはできません」

フランをぎゅっと腕に抱きしめて言い返すと、男の顔にありありと苛立《いらだ》ちの色が浮かんだ。振り向いて、後ろに控えていた男たちに目で合図をすると、彼らは両側から瀬名の肩を乱暴に掴んだ。

「痛い目にあいたくなかったら、言う事を聞きなさい」

「それはこっちのセリフだっ！」

叫んだ瀬名は、フランを片手に庇《かば》ったままで身体を翻《ひるがえ》し、男たちに素早く肘《ひじ》で一撃を加えた。不意を突かれ、男たちはその場に無様に尻もちをつく。

「こいつ……！」

咄嗟に起き上り、瀬名に掴みかかってくる。だが、瀬名が身をかわす方が早かった。

幼い頃から、そして思春期を迎えてからは特に、その中性的な目を引く容貌のせいで、瀬名は不埒《ふらち》な輩《やから》に目をつけられることが多かった。だから自分の身を守るために体術を学んだのだ。今は既に師範《しはん》の腕前で、華奢な見た目を裏切る強さが、瀬名の武器になっていた。

だが、一人に三人がかり。しかも腕にフランを庇っているので、状況は圧倒的に不利だった。一対一なら勝つ自信はあるが、体格差もあるし、持久戦に持ち込まれたらアウトだ。

せめて、フランを誰かに託《たく》せれば……。

(誰か来て……！)

両側から抑《おさ》え込まれそうになり、バランスを崩してフランを胸に庇ったまま地面に倒れ込む。もうダメだ、と思ったその時——。

視界がくるりと回り、瀬名は何か力強いものに身体を掬《すく》い上げられたのを感じた。それが何かわからないままに縋りつき、体勢を立て直す。すると深く引き寄せられ、温かな懐《ふところ》へと包み込まれた。まるで、大切に守られるように。

視線を上げると、深いブルーの瞳と出会った。フランよりも、もっと濃い、吸い込まれそうな藍色《あいいろ》だ。美形という言葉では片付けられないほどに端正な顔立ちの男が、瀬名を見下ろしていた。

二十代後半くらいだろうか……見つめられ、一瞬、息をすることさえ忘れた。彼の周りに光が見えるようだった。思考も、言葉も、完全に彼に奪われてしまった。

瞳の上に落ちた金色の前髪が揺れ、高い鼻梁《びりょう》から続く唇が何かを告げようとして開く。

耳元に届いた声は甘く低くて、瀬名の鼓膜をせつなく震わせた。

「大丈夫ですか――？」

「ダディ！」

魂を抜かれてしまった瀬名が答えるより早く、腕の中のフランが大きな声を上げた。恐れではない、嬉しそうなはしゃぎ声だ。ダディ、ダディ、と彼に向かって手を伸ばす。

「フラン……！」

声に安堵を滲ませて、瀬名の腕越し、彼はフランの額にちゅっとキスをした。見ているこちらが泣きたくなるような、愛しさを隠しきれない表情で。

だが次の瞬間、彼は綻《ほころ》んだ表情を厳しく正した。フランを抱いている瀬名ごと、胸に強く抱きしめる。そして、目の前の男たちに言い放った。

「私の息子に指一本触れるな」

その声は、聞く者を従わせずにはいられないような、静かな迫力をもっていた。決して怒号ではない。単なる威圧感とも違う。思わず心身が凛《りん》と緊張するような不思議なオーラでもって、男はその場をいとも簡単に制圧した。

小さく舌打ちしながら、ダークスーツの男たちはその場を立ち去っていく。何が起こったのかわからずに放心状態のまま、瀬名は男にフランを渡した。

(ダディってことは、この人がフランのパパってことだよね……)

改めて、目の前の親子を見る。

とびきり愛らしい天使のパパは、今まで見たこともないほどに神々《こうごう》しい美貌の持ち主だった。瀬名とフランを一度に抱き込んでしまえるほどに胸も肩も広く、背も高い。

彼らと出会ったこと、今、目の前で起こったことがとても現実に思えなくて、ファンタジーの絵本の中に迷い込んでしまったのではないかと真剣に思う。

「失礼」

フランを抱いたまま、男は、呆《ほう》けている瀬名の前にひざまずいた。恭《うやうや》しく手を取られた

かと思うと、手の甲にそっと唇が触れた。

「私の名は、ジェラルド・アンダーソン。息子はフランシスといいます。北の国から来た旅行者です。息子を守ってくれてありがとう」

突然、手の甲にキスをされて真っ赤になってしまった瀬名に構わず、ジェラルドと名乗った男は甘い声で静かに告げた。

これまで瀬名の日常の中には存在しなかったシチュエーション。ジェラルドはもう一度、瀬名の手に唇を触れ、そして顔を上げた。

「心から感謝します——あなたのお名前は？」

「シェナ！」

ジェラルドに抱かれたフランが得意そうに告げる。ジェラルドが微笑んだので、瀬名の胸はドキンと大きな音を立てた。

「セナ……藤堂瀬名といいます」

上《うわ》ずった声で、瀬名はそれだけ言うのがやっとだった。

＊
＊
＊

「おーい藤堂。藤堂ってば。瀬名くーん！　おい！」

背後からぱしっと頭をはたかれ、瀬名はふと我に返った。振り向くと、ゼミ友の相田《あいだ》くんが、やれやれといった顔で立っている。

「何なんだよ、さっきから呼んでるのに……学食、とっくに通り過ぎたぞ」

相田くんとランチの約束をしていて、学食で待ち合わせをしていたのだ。瀬名が目の前を通り過ぎて行ったので、追いかけてきてくれたらしい。

ごめんごめんと言いながら踵《きびす》を返し、日替わり定食をオーダーして相田くんの取っておいてくれた席に着く。炊き込みごはんをがつがつと攻めながら、相田くんが訊ねてきた。

「ほんと、最近どうしちゃったのさ。心ここにあらずって感じでさ」

「うん、ちょっといろいろあって」

曖昧《あいまい》にごまかしながら、目の前の超現実的なメンチカツに箸を入れる。学食のごはんは大好きだけれど、食べることにさえ全力で立ち向かえない。

相田くんに言っても、まともに取り合ってもらえないだろう――先日出会った、金髪碧眼の天使とその父親のことが忘れられなくなってしまっただなんて。

ひざまずいて手の甲にキスだなんて、まるで映画かおとぎ話の話だ。現実で普通の人間がそんなことをすればギャグにしかなり得ない。所作に見合った雰囲気というものが必要なのだ。

だが、彼はとても自然だった。呼吸をするように当たり前にそんなことができるなんて、まさに紳士としか言いようがない。

（だからこんなにドキドキするんだ。……ジェラルドさんは男の人なのに）

自分にはそういう嗜好《しこう》はなかったはずなのに、と瀬名はため息をつく。だが一方でフランのことを思い出せば、自然と顔が緩んでしまう。

子どもをあんなに可愛いと思ったのは初めてだった。絵本や児童書を研究しているくらいだから元々子どもは好きだったけれど、笑った顔やあどけない仕草を、ずっと見ていたいと思った。

「確かにいろいろあったよな……」

瀬名の沈黙を違う意味に捉えて、相田くんはしんみりと答える。

「だけど、しっかりしないと、ばあちゃん心配するぞ」

諭《さと》されて、本当にそうだと瀬名は心から反省した。

彼らとの出会いが哀しみを忘れさせてくれたのは感謝だが、今は生活の基盤を何とかして、新しく就職先も見つけないといけないのだ。奨学金の返済だって始まるし、非現実的な出来事に魂を抜かれている場合ではない。

(あれは、『フェアリーランド』が見せてくれた一瞬の夢なんだ)

自分に言い聞かせ、瀬名は就職情報誌を二冊買って帰宅した。

＊

「放してしまった風船を追いかけて行って、見失ってしまったのです」

瀬名の名前を訊ねたあと、ジェラルドと名乗った男は事の次第を説明した。もしかしたら、僕が見かけたあの赤い風船だったのかな……と考えていたら、彼は自戒《じかい》するような口調で続けた。

「人混みの中の方が却《かえ》って安全だと思ったのだが……やっぱり、貸し切りにするべきだった」

（今、貸し切りって言った？）

『フェアリーランド』は世界的にも有名なテーマパークだ。アラブやビバリーヒルズのセレブたちでさえ、望んでも叶わなかったと聞いているのに。

「だから、本当に感謝しています。ぜひ、助けていただいた礼をさせてほしい」

驚いている瀬名に向かい、ジェラルドはひざまずいた状態のまま、真摯な目で再び瀬名の手を取った。今度は別の意味であわあわとしてしまう。

「いえ、そんな……当然のことをしたまでですから、そんなことは気にしないでください。それよりも、どうか立ってください」

瀬名の言葉に、ジェラルドは涼やかな目元を緩ませた。澄んだ藍色がとても綺麗で、吸い込まれそうだ。

立ち上がったジェラルドの顔は、瀬名の目線のずっと上にあった。今度は、見下ろされるその身長差にいたたまれなくなる。だが、抱っこされたフランのにこにこ笑顔が、瀬名の緊張を和《なご》ませてくれた。

「シェナ」

呼ばれて顔を近付けると、フランはちゅっと瀬名の頬にキスをしてきた。そして、急に恥ずかしくなったのか、ジェラルドの肩に顔をうずめてしまう。天使の愛らしさに、ズキユンと心臓をわしづかみにされてしまった。

「フランは、君のことが大好きになってしまったようだ。だからどうか、フランのためにも」

ジェラルドはそう言ってくれたが、行きずりだからこそ心を鬼にして、どこかで線を引かなければならない。ずっと一緒にいてやれないなら、中途半端に接する方がフランに寂しい思いをさせることになる。

それに、言葉や雰囲気の端々《はしばし》から、彼らは途方もない人たちなのではないかという感じがして、正直、気後れもしていた。

（僕だって、フランとさよならするのは辛いけど……）

「お誘いは本当に嬉しいのですが」

丁重に申し出を辞退すると、ジェラルドは優しく笑った。

「謙虚《けんきよ》さは日本人の美徳だというが……君もその通りらしい。これ以上、君を困らせることはできないな」

口調がほんの少しくだけたように感じるのは、瀬名に気を遣わせないようにしてくれているのかもしれない。だが、二人のやり取りを聞いて状況を読み取ったらしいフランは、声を張り上げて泣き出した。

「や！　シェナいっしょいくの！」

「フラン、彼を困らせてはいけない。ありがとうを言ってさよならするんだ」

「や！　しゃよならイヤ！」

泣きながらジェラルドの腕の中で手足をばたつかせてイヤイヤをしている。こんなに泣かせてしまって……と思ったら、心がぐらぐら揺れた。だが、瀬名の迷いをジェラルドのきっぱりとした声が遮った。

「フランシス」

名を呼ばれ、フランはきゅっと唇を結んだ。大きな目に涙をいっぱいためたまま、健気《けなげ》に父親の顔を見る。

「わかったね？　これ以上はおまえのワガママだ」

「……イエス。ダディ……」

しゃくりあげ、フランは殊勝に答えた。

決して高圧的ではないが、ダメなことはダメだと諭す口調だった。こうして、ジェラルドはいつも息子にちゃんと言い聞かせているのだろう。

「シーユー、シェナ……」

「うん。僕もフランと遊べて楽しかったよ」

そう言って、ふわふわ金色のまき毛をそっと撫でた。フランはもう泣き止んでいたけれど、寂しそうなその顔が瀬名の心に引っかかって離れなかった。

＊

家へ帰って就職情報誌を開いているうちに、うたた寝してしまったらしい。しかも、フランとジェラルドの夢を見てしまった。

「フラン、どうしてるかな……？」

あの日のことは忘れて現実に向き合わなきゃと思ったばかりなのに。きっと、二度と会うこともない人たちだ。旅行者だと言っていたから、今頃はもう、日本にいないかもしれない。

何度目か自分に言い聞かせ、床に落ちていた就職情報誌を拾い上げて、瀬名はキッチンに立った。

（晩ごはん、どうしようかなあ……）

開けた冷蔵庫は、ほぼ空《から》っぽだった。仕方なく、近所のコンビニに行こうと外に出る。外階段を降りて行ったら、アパートの住人たちや近所の人たちが、駐輪場の所で何やら集まっているのが見えた。

「何かあったんですか？」

ちょうど居合わせた大家さんに訊ねると、気のいい中年女性の彼女は興奮気味に答えた。

「それがねえ、ほら、何だかすごい車が入ってきて。でもあれじゃウチの駐車場に停めるのは無理だわ。角を曲がれないわよねえ。このアパートの誰かに用事なのかしらねえ」

彼女の指さす方には、黒塗りのリムジンが停まっていた。燦然《さんぜん》と輝く女神を模したシンボルマークは約束されたステイタスの証《あかし》。某映画祭の授賞式で正装したゲストが降りてくる、あの車だ。もちろん、瀬名は実物を見たのは初めてだった。

だが、瀬名はグレーのスーツ姿の外国人と共に車から降りてきた金髪碧眼の男を見て、「あっ！」と驚きの声を上げた。

「申し訳ありません。道が狭すぎて、これ以上進むのは無理なようです」

下調べが不十分でした、と深々と頭を下げる男に、「いや、大丈夫だ」と告げたのは、まごうことなきジェラルドだった。

「ここから先は歩いていく。大仰《おおぎょう》になってはいけないから、おまえはここで待っていてくれ。……おいで、フラン」

大仰にならないようにって、もう十分に目立ちすぎるほどに目立っている。路地に横付けされたリムジンは元より、庶民的な街の一角に降り立ったジェラルドとフランの姿は、まばゆいばかりに異彩を放っていた。

「何かの撮影かしら？」

「映画のロケじゃない？」

騒然とし始めた周囲から一歩踏み出した瀬名を、さっそくフランが見つける。小さな太陽みたいな笑顔が、その場をさらに明るく、温かくした。

「シェナ！」

駆け寄って、飛びついてくる。喜びでぴょんぴょん跳ねる小さな身体を抱き上げて、瀬名は驚きの声を上げた。

「どうしたのフラン？　どうしてここへ……」

その問いに答えたのは、息子のあとから歩み寄ってきたジェラルドだった。悠然と微笑み、恭しく瀬名の手を取る。

「ごきげんよう。また会えて嬉しいよ、瀬名」

そう告げて、甲に優しく触れる唇。瀬名の顔は真っ赤に染まり、周囲からは驚きの声が上がった。

「ど、どうされたんですか今日は。あの……っ」

キスされた手の甲が、火傷《やけど》したみたいに熱い。藍色の目に見つめられてクラクラする。

彼らが突然目の前に現れて、瀬名はパニックに陥っていた。

「とりあえず、ディナーでもどうかなと思ってお誘いに来たんだよ」

紳士然とした表情から一転して、ジェラルドはいたずらっぽく目配せをしてみせた。

こんな顔もできるんだ……いや、どんな表情をしても、美貌は損なわれるどころか、輝きを増すばかりだけれど。

「詳しいことは、またあとで」

ジェラルドは意味ありげに微笑む。フランはあったかいバラ色の頬を寄せ、舌ったらずな台詞でもって、戸惑う瀬名の心に決定打を撃ち込んだ。

「マミィ……シェナ、だいしゅき！」

それを言われたらもう、抗《あらが》うことなどできない。

聞きたいことは山ほどあったけれど、瀬名はこくこくとうなずいて、促されるままにリムジンに乗り込んだ。とにかく、目立ちすぎるこの状況を抜け出すには、そうするしかなかったのだ。

2

リムジンは滑《すべ》るように黄昏《たそがれ》の街を走り抜けていった。

見慣れたはずの風景も、眺める窓が違うと、こうも違って見えるものなのだろうか。灯り始めた街のあかりが尾を引いて流れていく様が、幻想的でとても綺麗だった。

車の中では、甘えてくるフランの相手をしていたので、それほど緊張せずに済んだ。革張りの広々としたシートとか、何やら光沢《こうたく》のあるファブリックだとかは座り心地も手触りも最高で、むしろ癒されてしまった。

フランと瀬名が無邪気にじゃれ合っている様子を、ジェラルドは微笑みながら見守っていた。

だが、到着した摩天楼《まてんろう》のような建物を見て、瀬名の顔からさーっと血の気が引いた。

そこは、庶民の瀬名でも名前を知っている高級ホテルだった。おそらく『超』を三つつけても足りないくらいの……。

世界中のＶＩＰやセレブ御用達《ごようたし》の『ホテル・エピキュリタン』――瀬名にとっては、もはや異世界だと言ってもいい。

グレースーツの男に「どうぞ、瀬名様」とドアを開けられるが、瀬名はリムジンから降りることを躊躇《ちゅうちょ》した。

だって、こんな……こんなホテル、ドレスコードがあるに決まっている。

ところが今の自分は、ちょっとコンビニに出かけるだけのつもりだったから、某量販店で買ったパーカーと洗いざらしのジーンズ姿なのだ。しかも足元は某有名メーカー風のゴムサンダル……この時点で完全にアウトだ。上下ジャージでなかったのがせめてもの救い……などにはならない。

「シェナ？」

早く行こうよ、というように、フランが瀬名の手を引っ張る。

フランはセーラーカラーのブラウスに、見た目にも上質なニットを合わせていた。子どもながら、品があってハイセンスだ。

一方のジェラルドは細身のジャケットにストライプのシャツ。襟元が緩くあしらったアスコットタイなのは、プライベートな時間だからなのだろう。言うまでもなくカッコよくて、スーパーモデルみたいだと称《しょう》するのもはばかられるほどだった。

そんな二人に比べ、自分はあまりにも場違いだ。手を引っ張るフランに、困った笑顔を向けた時だった。

「カジュアルなその姿もよく似合っているが、君をより素敵にするための着替えを用意してある。でも、これから向かうのはプライベートな空間だからそれほど気を遣うことはないよ」

ジェラルドが、瀬名を安心させるように優しい声をかけてくれる。

「あ……」

「OK?」

にっこりと微笑まれ、ドキドキしたまま、「は、はい！」と答える。

グレースーツの男はジェラルドの秘書なのだろうか。促されるまま ついて行くと、シャンデリアの輝くエレベーターホールの前に出た。このスペースだけで、瀬名の住むワンルーム以上はありそうだ。

だが、人の行き来はなく、ひっそりとしている。不思議そうに辺りを見回した瀬名に、秘書――アーサーという名前らしい――は、にこりともせずに口を開いた。

「こちらは、選ばれた方々のためだけの別館です」

「別館？　では、さっきのエントランスは？」

「ですから、別館の入り口です。一般の方が使用される本館のエントランスは別にあります」

並みいるセレブたちも一般ユーザーの扱いだ。もう、何も口を挟む気力もない。ただわかるのは、ジェラルドやフランが、とんでもないＶＩＰに違いないということだった。

案内されたドレッシングルームでは女性のスタイリストが待ち構えていて、まずは髪を軽く整えられた。

「前髪が少々、重たいですわね……せっかく綺麗な黒髪をなさっているのですから、質感を生かすようにカットさせていただいてもよろしいでしょうか」

「どうせならこざっぱりと整えてくれ」

アーサーが淡々と指示を出し、瀬名は豪奢なドレッサーの前でまな板の上の鯉《こい》にならざるを得なかった。あっという間にシャンプーされたかと思うと、良い香りに包まれて頭皮《とうひ》をマッサージされ、うっとりと和んでしまう。

「ラベンダーの香りでございます。いかがですか？」

「とても気持ちいいです……」

もう本当に、自分の身に何が起こっているのかわからないような状態なのだが、頭皮を極上のタッチでほぐされてリラックスしてくると、深く考えるだけムダだという気持ちになってくる。

「本当に、さらさらして素敵な黒髪ですわ……羨ましいですこと」

男としては、もっとハリがあってしっかりとした質感の髪の方がいいだろう。だが、褒められると素直に嬉しい。子どもの頃、母がこの髪の毛を丁寧に洗って乾かしてくれたことを思い出す。

髪を乾かし終わったところへ別の女性が入って来て、「お召し替えを」と、瀬名の着ていたパーカーにそっと手をかけてきた。

「大丈夫です！　自分でできます！」

慌てて介添《かいぞ》えを辞退して、まず、用意されていたシャツに袖を通す――が、今まで触れたことのないような一級品だ。ちらりと見えたスーツのブランドロゴは、パリコレでしかお目にかかれない、世界的有名デザイナーのもの……瀬名の心に、刺すような緊張感が戻ってきた。

（こんなの、着こなせるわけないよ……！）

きっと、借りてきた感が否《いな》めないに違いない。だが、側で成り行きを見守っていたアーサーが、無表情な口元を緩ませ、ほうっと息をついた。

「これは……。さすが、ジェラルド様が直々《じきじき》に見立てられただけのことはある」

（これ、僕……？）

鏡に映る自分の姿を見て、瀬名は驚きで声も出なかった。そこにいるのは、デザイナーズのスーツをさらりと着こなすノーブルな雰囲気の青年で、見慣れた自分の姿ではない。

スタイリストに褒められた瀬名の黒髪と黒い瞳が映《は》える純白のシャツは、極上の素材に精緻《せいち》なステッチワークが施され、スーツの深い色合いとしっくり馴染《なじ》んでいた。スーツもまた、カジュアルながらウエストがシェイプされていて、ラインが美しい。

高級品というのはこれほどまでに着心地がよいのかと感嘆する。だが、誂《あつら》えたようにサイズがぴったりなのは、一体どういうわけだろう。

「ああ、やはり思った通りだ。とてもよく似合う」

賞賛の言葉とともにドアが開いて、入ってきたのはジェラルドだった。フランもまた、父親の脚にまとわりつくようにして一緒に入ってくる。

「シェナ！」

驚きと喜びの混じった声で瀬名を呼んだフランが、目をきらきらさせてジェラルドの袖をくいくいと引っ張る。見て見て、というように。

見上げるフランに「素敵だろう？」と微笑みかけ、ジェラルドは瀬名に向けて大きくうなずいてみせた。

「本当に素晴らしいよ。純白のシャツは着る者を選ぶけれど、君の黒い髪と黒い瞳の美しさが、より引き立っている」

真顔の賞賛が面映《おもは》ゆく、頬に熱が集まる。彼のストレートな表現には、なかなか慣れられそうにない。

「あの……ありがとうございます。こんなにしていただいて」

ディナーを共にするだけのつもりが、想定外の展開だった。だが、怖気《おじけ》づいてばかりいては失礼だと思い、しゃんと背筋を伸ばして礼を述べる。

「そんなに素敵に着こなしてくれて、こちらこそ礼を言うよ。いや、そもそも君に礼をしているのは私たちの方だからね」

顔に伸びた大きな手が、さらりと瀬名の頬を撫で、額に流れる前髪をそっと梳《す》いた。

「髪はこのままナチュラルな方がいい」

ふと見つめられ、身体に電流が走ったように動けなくなる。確実に、見つめられた一瞬、呼吸をすることも忘れていた。

（ジェラルド……さん……）

何て綺麗な青い瞳なんだろう――澄《す》んで冴《さ》え冴えとしているのに、それでいて、その奥では静かな炎が燃えているような熱を感じる。

「キスしたくなるな」

そう言って、長い指で顎を捉えられた。

（ええっ？）

「……ジェラルド様」

だが、その衝撃的な一言は、アーサーによって窘《たしな》められた。ジェラルドは、涼やかな目元をいたずらっぽく眇《すが》めてみせる。

「無粋《ぶすい》なやつだな、アーサー……美しいものを手折りたいというのは男の当然の性《さが》ではないか」

「そういうことは、フランシス様が寝付かれてからなさいませ」

何やら、二人で恐ろし気《げ》なことを話している。だが、小さな子どもをあやすような目で微笑まれ、からかわれていたのだとわかった。

だとしても、怒る気になどなれない。ただただ魂を抜かれるばかりで、様々なことが既に瀬名の許容範囲を超え始めている。いつもと変わらず、可愛いフランだけが頼りだった。

「タイはどうなさいますか？」

急に事務的な口調に戻ったアーサーに、ジェラルドは片手を上げて制する仕草をした。

「家族だけの気楽なディナーだから、これで十分だ。そちらの準備は？」

「仰《おお》せのままに」

頭を垂れたアーサーにうなずき、そしてジェラルドは立ち尽くす瀬名に満足そうな微笑みを向けた。


『家族だけの気楽なディナー』と、ジェラルドは確かにそう言った――。

案内されたテーブルは、銀の燭台《しょくだい》が幻想的な光を放つ瀟洒《しょうしゃ》なしつらえだった。磨き込まれたカトラリーが幾重《いくえ》にも並び、触れることをためらわれるような繊細なグラスは、きらきらと、それ自体が芸術品のようだ。

レストランではなく、彼らが宿泊しているという、このスイートルームのリビングにしつらえられたテーブルであることから、気楽だと言ったのかもしれない。だが、自分たちだけのためにシェフや給仕、ソムリエまでもが立ち働いているのだ。プライベートレストランというものが実在することを、瀬名は身をもって知った。

壁一面に大きく取った窓から、まるでシアターのように都会の夜景を臨《のぞ》むことができるこのリビングルームは、いったいどれだけの広さがあるのだろう。この他に、ベッドルームやゲストルームがいくつかあるらしいのだが。

「日本の成人は二十歳だと聞くが……アルコールは大丈夫だね？」

確認してくれたジェラルドにうなずくと、さっそく細身のグラスで食前酒がサービスされた。淡い黄金色の泡が弾《はじ》けるシャンパンだ。

「私もフランも、瀬名に出会えたことを感謝しているよ……乾杯」

「僕こそ……ありがとうございます」

グラスを軽やかに合わせると、フランも負けじと、オレンジジュースの入ったグラスを掲げた。

「フランもしゅる！」

両側から二人でグラスを合わせてやると、フランは満面の笑みでご満悦《まんえつ》だ。ジェラルドは極上の笑顔で微笑み、食事は言うまでもなく最高で、こんなに素敵なディナーは初めてだと瀬名は思った。

「今夜のメニューには日本の食材を多く取り入れ、日本料理のテイストを生かしております。ですから、どうぞこちらをお使いになってください」

給仕に渡されたのは、朱塗《しゅぬ》りの箸《はし》だった。前菜は、新鮮な魚介が芸術品のように美しく盛り付けられており、刺身のような感覚で箸で食べることができる。慣れないカトラリー

に悪戦苦闘する前にさりげなく心配りされ、瀬名は安心して最高級の和風フレンチを堪能《たんのう》することができた。

見れば、基本的にフランも同じメニューで、刺激のあるものだけが子どもの舌にふさわしいものになっている。カトラリーもグラスも、セーブルの食器も小さいけれど本物で、フランが小さな手でそれなりに使いこなしているのに感心した。

こうして幼い頃から本物に触れて生活することで、真《しん》のセレブが育つのだろう——そんなことを思っていたら、手元にジェラルドの視線を感じた。

「日本人が箸を扱う所作というのは、実に美しいものだな」

見つめてしまったことを「失礼」と詫びたあと、ジェラルドは感嘆の吐息をついた。

「あ、そう……そうでしょうか」

熱い視線にドキドキしながら答える。ジェラルドに見られていることを急に意識してしまい、褒めてくれた箸使いが危《あや》うくなりそうだった。

「繊細で、官能的だ」

魚に合わせた白ワインのグラスを傾け、意味深な台詞を口にする。そんなジェラルドの方がずっと官能的——というか、艶《つや》めいていると思う。

「今度、私に箸の使い方を教えてくれないか?」

「僕でよければ……」

今度、という言葉に心が躍《おど》った。単なる社交辞令とは思えない真摯さがジェラルドの口調や表情からうかがえる……と思ってしまうのは、少々舞い上がりすぎだろうか。

「日本食のマナーについては詳しくないが……ご両親は小さな君にしっかりと教えたのだろうな。君を見ていればわかるよ」

そう言って、ジェラルドは傍らのフランを見る。口の端にちょこんとついたソースをナフキンでそっと拭ってやった表情は、可愛くてたまらないといった感じだ。

だが、父親の顔で発せられたその言葉には、瀬名は小さな胸の痛みを覚えずにいられなかった。

そんなふうに言ってもらえて嬉しい。だが、その両親は既にいない――幼かった瀬名を残し、二人とも亡くなったのだ。

そういえば、フランのママはどこにいるのだろう。初めて会った時に自分のことを『マミィ』と呼んで甘えたが、ここへ来て一度もフランの母親の所在が感じられないことに瀬名は気がついた。

（もしかしたら……）

だが、もちろんその先を口にするのははばかられた。訊ねなくても、そのうち自然にわかることだろうと、懸念を心の中に収める。

夢のようなディナーは、極上のスイーツで締めくくられた。大人にはシャンパンを使ったジェラートに、和三盆《わさんぼん》と抹茶のムース。フランにはホイップクリームといちごで飾られたクリームブリュレが出た。

夜景を眺められるソファに席を移し、食後酒にとカルヴァドスを勧められる頃には、たくさんはしゃいでたくさん食べたフランは、瀬名の膝に顔を埋めてウトウトとし始めた。

額にかぶる金色の髪を撫でながら、あどけない寝顔に見入っていたら、ジェラルドが隣に腰を下ろした。身体を少しかがめてフランの寝顔を覗き込んでくるので、二人で彼を見守っているような形になる。

「眠ってしまうと重いだろう？　すぐにベッドへ運ばせよう」

「いいえ、寝付いたばかりで、今動かしたらかわいそうです。もうしばらくこのままでいます」

眠っている口元に、ちっちゃなエクボの花が咲いている。思わず「可愛いな……」と声がこぼれた。

「子どもは眠っていると天使だというのは本当だな」

「フランは起きてても天使ですよ！」

瀬名の反論に、「実は、私もそう思っているんだ」と、ジェラルドは楽しそうに同意する。

「だが、落ち着いて互いの話はできなかったな。特に、私たちのことを十分話さないままにここまで連れてきてしまってすまなかった。お詫びに、何でも君の質問に答えよう」

聞きたいことはたくさんあったが、まずは最も基本的なことから訊ねてみる。

「お二人は、どこの国からいらしたんですか？」

「アイスランドの近く……北大西洋に浮かぶ、ラプフェルという小さな島国なのだが」

知っているだろうか？　と控えめなジェラルドの問いかけに、瀬名はぱあっと顔を輝かせた。

「知ってます！　童話作家のハリス女史の生まれた国ですよね！」

「ハリス女史の創作を知っているのか？　日本ではまだそれほど有名ではないはずだが」

「僕、大学の英文科で児童文学を専攻していたんです。ですから、翻訳された彼女の絵本は全部持っています。日本にも彼女のファンはたくさんいますよ」

「そうか……それは嬉しいな。彼女の才能は我が国の誇りだ」

ジェラルドは目を細めて嬉しそうに笑った。つられて瀬名も笑う。

「北の国で生まれた物語って、すごく心があったかくなるんです。寒いからこそ、強さや温かさが願いとして込められてるっていうのかな。ハリス女史の創作もそうですけれど」

「ラプフェルは一年の半分が雪と氷で覆われた国だ。だから、人々は長い冬を様々な伝承《でんしょう》や昔話を語り継いで過ごしてきた。外で遊べない子どもたちの楽しみは、温かい暖炉の前に寝そべって、魔法使いや妖精の出てくるおとぎ話を家族から聞くことだった」

「それが、ハリス女史の創作のルーツなんですね」

思わず、大好きな児童文学の話になり、瀬名は目をきらきらさせた。そんな瀬名を、ジェラルドは温かなまなざしで見守ってくれている。

――だから、気持ちが緩んでしまったのかもしれない。

「そういう、優れた外国の児童書を日本に紹介していくのが僕の夢だったんです。でも、その夢は遠くなっちゃいましたけど」

「どうして？」

ジェラルドに意外そうに問われ、瀬名は苦笑した。

「春から、児童書や絵本を扱う外資系の出版社で働くはずだったんですけど、会社が倒産してしまって……」

会って間もないジェラルドに愚痴《ぐち》を言っている自分が信じられない。だが、言ってしまいたい、という気持ちの方が強くなっていた。

（僕、彼に甘えてしまっているのかもしれない）

「そうか……それは残念だったな」

「いいえ、聞いてくださって嬉しかったです。それに、僕の話になっちゃってすみませんでした」

「いや、私も瀬名のことがもっと知りたいよ」

さりげなく甘い台詞《せりふ》を挟み込んでくる。

この人、きっとプレイボーイに違いない。女の子ならば、とっくに恋に落ちていると思う。男の僕でさえ、こんなにドキドキさせられるのだから——高まる鼓動をごまかすように、瀬名はやや強引に話題を変えた。

「日本に来られたのは初めてですか？」

「私は何度か訪れているが、フランは初めてだな。今回の旅行はフランにフェアリーランドを体験させてやりたくて、アメリカと日本を悩んだのだが……日本にしてよかったよ。私もフランも、こうして君に出会えた」

ふわりと微笑まれ、胸の奥を柔らかい羽でくすぐられたような気持ちになる。その優しい目のままで、ジェラルドは瀬名の膝ですやすや寝息をたてているフランの髪をそっと撫でた。

「もう気づいているかもしれないが、フランには母親がいないんだ」

やっぱりそうだったんだ……と思うと、何だか胸が締めつけられる。

「もしかしたら、僕はフランのママに似ていたりするんでしょうか。初めて会った時も、それから何度か『マミィ』って呼ばれて……」

「ああ、そうだな」

ジェラルドは少し考え込むような顔をした。

「顔立ちが似ているというわけではないのだが、フランの母親は君のような黒い髪に黒い瞳をしていたよ。だからだろうか……赤ん坊の頃に死に別れてしまったから顔も覚えていないはずなのに、フランにとって黒髪と黒い瞳は母親の象徴なのだろうな」

ジェラルドの話を聞き、瀬名は自分とフランを重ね合わせずにはいられなかった。

それでも、自分には母の記憶がある。抱っこしてもらったり、膝の上で絵本を読んでもらったり……だが、フランは母親の顔も覚えていないなんて。

自分の膝で眠るあったかい身体を、ぎゅっと抱きしめたくなった。楽しい夢を見ているのだろうか。満ち足りた寝顔のままで微笑んで――フランがこんなふうに笑えるなら、僕にできることは何だってしてあげたい。

ただ可愛いと思うだけでなくて、大切にしたい、守ってあげたいという気持ちが湧き起こってくる。

（これが母性本能……いや、僕は男だから父性本能っていうのかな）

「それで瀬名、君にお願いがあるのだが」

「何でしょうか」

　改めて問われ、瀬名は正面からジェラルドに向き直った。心づくしのもてなしで、夢のような時間を過ごさせてもらったのだ。ジェラルドの頼みとあらば、何だって聞くつもりだった。

「実は、フェアリーランドで君と別れてから、フランがとても寂しがってね。もちろん、改めて礼にはうかがうつもりでいたのだが、もし君さえよければ、このまましばらくここに滞在してはもらえないだろうか」

「そんな、これ以上僕なんかに気を遣わないでください。もう、十分なことをしていただきましたから！」

　瀬名が恐縮すると、ジェラルドはきっぱりと首を横に振った。

「フランを助けてもらった礼としては、まだまだ足りないよ」

「でも……」

「フランが寂しがるからと言っても？」

藍色の瞳が、瀬名の目をまっすぐに覗き込んでくる。

フランのことを持ち出されたら抗えない。フランの側にいてやりたいし、ここで一緒に過ごせたら、どんなに楽しいだろう。

だが、バイトは休めないし、就職活動だってしなきゃならない。瀬名の心はぐらぐらと揺れた。

「アルバイトや学校へは、ここから通えばいい」

瀬名の心を読んだかのように、ジェラルドはさらりと提案した。

「君の仕事探しにも、できる限り協力しよう。君は空《あ》いた時間にフランと過ごして、そして私の礼を受けてくれればいい」

そんなありがたい話があっていいものだろうか。だが一方で、会ったばかりの彼らにそこまでしてもらうのは、やっぱり甘え過ぎだという懸念も捨てられない。

「あの……でも、僕やっぱり……」

瀬名が口を開きかけた時、眠っていたフランが、むくっと起き上った。寝ぼけているのか、辺りを見回したあと瀬名の顔を見つけると、ぎゅっと抱きついてきた。

「シェナ……」

「どうしたのフラン？」

起きちゃった？　と呼びかけると、フランはさらに強く瀬名を抱きしめた。

「シェナ……だいしゅき」

まだ半分夢の中なのか、呟《つぶや》いたら安心したように、再び眠りの国へと帰って行く。

今まで、こんなに強く誰かに求められたことがあっただろうか――？

（だめ、泣けそう……）

日向の匂いのする髪に顔をうずめ、瀬名はあふれてくる涙を一生懸命に耐えた。

＊　＊　＊

フランをベッドに寝かしつけてリビングに戻ると、ジェラルドはソファにもたれ、寛《くつろ》いだ様子でグラスを傾けていた。

少し物憂《ものう》げな表情は、先ほどまでとは違う大人の男の雰囲気だ。今、彼と二人きりであることを改めて感じ、瀬名の中に急激な戸惑いが押し寄せた。

もちろん嫌なのではない。何を話せば……どう振る舞えば、というドキドキ感だ。だが、ジェラルドは労《いた》わるような目で瀬名を見た。

「寝かしつけてもらってありがとう。悪かったね」

「いいえ、僕がやらせてくださいってお願いしたんですから。それに、とってもいい子でしたよ」

「それは、君が側にいてくれたからだと思うよ。普段は寝ぐずることが多いんだ。旅行に出る前は、夜泣きもひどかった」

「そうなんですか？」

「やっぱり寂しいんだろうな。私がいつも側にいてやればいいのだが、そういうわけにもいかないし……」

ジェラルドはため息まじりに答え、瀬名にグラスを差し出した。

「君ももう一杯どう？」

「いえ、もう十分いただきましたから……」

「じゃあ、もう寝むかい？　今日は私たちが振り回してしまったから疲れただろう？」

「いいえ、とても楽しかったです」

疲れは感じていなかったが、飲み慣れない酒を結構飲んだから、顔がほんのりと熱かった。

「もっと君と話していたいけれど、これから時間は十分にあるからね。それに、今の君は少々、目の毒だ」

「えっ？」

何かとんでもないことを言われたような気がするのだが、酔いが回ってきたのか、ちゃんと考えることができなかった。首を傾げて聞き返すと、ジェラルドは何故だか困ったように笑って、瀬名の手を取った。

「おいで。ゲストルームに案内しよう」

リビングルームの外に廊下があり、その突き当りに、レリーフを施した白いドアがあった。本当に、ここがホテルの一角だということを忘れてしまう。

「滞在中はこの部屋を使ってくれ。ホテルの庭園が見下ろせて、好い眺めだよ。バスは好きな時間にゆっくりと使うといい。困ったことがあったら、何でもアーサーに」

てきぱきと言って、ジェラルドは瀬名の肩をそっと引き寄せた。何？　と思う間もなく顔に影が落ちたかと思うと、額にちゅっと音を立てて唇が触れる。

「おやすみ。よい夢を」

微笑みかけ、ドアを開けて瀬名を室内へいざなうと、ジェラルドは踵《きびす》を返した。

(おやすみのキス……!)

あまりにも自然で、あまりにも様になっていたので、驚くひまも、抗うひまもなかった。

自分と同じ男の人にあんなふうにされたら、嫌だったり怒ったりするものではないかと思うのだけれど、そのどちらでもなく、ただ恥ずかしさと何とも言えない甘酸っぱさで胸が締めつけられるばかり。

(ジェラルドさんが紳士すぎるからだ)

自分を納得させ、改めて部屋の中を見ると、そこはこじんまりとしながらもシックで大人っぽい空間だった。ソファとホームシアター、小さなバーカウンターを備えたここはどうやらリビングルームのようで、続きの部屋がベッドルームになっていた。

「うわ、天蓋付きベッドだ……」

柔らかそうな広いベッドを見たら飛び込みたくなるのは、人の本能なんだろうか。白いシーツにダイブすると、心地よい浮遊感が身体を受け止めてくれた。アンティークな天蓋が施されていても、中味は最新式のウォーターベッドらしい。

ふかふかのピローに顔をうずめ、瀬名はほうっと息をついた。

「何か、ここにいるのが今でも信じられないな……」

穏やかな日常の中に不意に入り込んできた今日という一日は、瀬名にとってフェアリーランドよりも夢の国だった。

とびきり可愛い天使と、カッコよくて素敵すぎる父親――。

本当に、彼らはいったい何者なんだろう。庶民の自分とは住む世界の違う人たちだということは、今の段階でも十分にわかることだけれど。

とにかく、明日からここで彼らとしばらく過ごすことになった。

フランの『シェナ、だいしゅき』に陥落《かんらく》してしまったのだが、それならば、このシチュエーションを楽しもう。まだ少し緊張しているけれど、夢の時間はしばらく続くのだ。

うっかり寝落ちそうになり、瀬名は慌ててスーツを脱いでシャワーを浴びた。

翌朝、あんまりベッドが寝心地よくて熟睡《じゅくすい》していた瀬名を起こしたのは、フランの急襲だった。

「シェナ、おっき、おっきよー！」

「ん……もうちょっとだけ……」

最初はベッドの下から呼んでいたのだが、瀬名が寝返りして背中を向けてしまったので、よいしょとよじ登り、瀬名の腹の上に馬乗りになって頬をぺちぺちと叩いてきた。

「シェナ、おきなしゃい！」

舌ったらずで叱られて、やっと目を開ける。視界に飛び込んできたまんまる目のふくれっつらが可愛くて、思わずぎゅうっと抱きしめてしまった。

「おはよう、フラン！」

そのまま二人でぎゅうぎゅうし合ってきゃっきゃしていたら、くすくすと可笑《おか》しそうな笑い声が聞こえた。

「ジェラルドさん！」

「楽しそうだね。私も仲間に入れてくれないか？」

「ダディ！」

フランが答え、歩み寄ってきたジェラルドが、二人まとめて胸に抱く。続け様、二人の頬にちゅっちゅとキスをした。

「おはよう」

「お、おは、おはよう、ございます」

朝陽の差し込む優美なベッドルームで、まばゆい親子と交わすおはようのキス。なのに、朝の挨拶すらまともに言えない自分は何なのか。とにかく、これが彼ら的には当たり前の一日の始まりなのだろう。

「よく眠れたか？」

だが、瀬名のぎくしゃくした挨拶など気にせず、ジェラルドはさわやかに問いかけてくる。白いシャツをラフに着崩してはいるが、やはり気品があって凛《りん》としている。

「今日はアルバイトに行くのだろう？　すぐに朝食だから着替えておいで」

そう言って、コアラ抱っこ状態のフランを瀬名から引き剥がす。フランは手足をばたばたさせて抵抗したが、瀬名がすぐに来ることがわかっているのだろう、ジェラルドに「こら」と叱られながらも嬉しそうだ。

「あとから行くね。待っててフラン」

ジェラルドの肩に担《かつ》がれるようにして抱っこされたフランに声をかけてクローゼットに出向くと、昨日来ていた普段着がクリーニングされて、きちんと畳まれていた。

そして目の前にずらりと並んでいるのは、きれいめカジュアルなシャツにカットソー、ジャケット、コットンパンツ、ビットモカシンの革靴にワークブーツ、最新モデルのスニーカーに、高級ブランドのアンダーシャツや、ボクサーショーツまでもが取り揃えられていた。

『着替えはクローゼットに揃えさせていただきましたので、お好きにお使いください』

『いえ、着てきたものがありますから』

　ここでしばらく過ごすなら、アパートに寄って着替えを取ってこようと思っていた。このホテルにふさわしいものがあるかどうかは疑問だが、とにかくきちんとしたものを。

　アーサーにそう言うと、彼はにこりともせずに答えた。

『全てが、瀬名様のお手をわずらわすことのないようにとのジェラルド様のお心です。どうぞお受け取りください』

　決して嫌な感じではないのだが、もう少し愛想よくしてくれてもいいのに、と思ってしまう。だが、ジェラルドの心なのだと言われれば、それ以上何も言えなかった。

　果たして、これほど感謝されることをしたのだろうか……ただ、フランが可愛くて相手をして、そして不審な者の手から守っただけなのに。

　どの服も瀬名の好みで迷ったが、淡いブルーのコットンシャツと、光沢のあるキャメル生地《きじ》のパンツを選び、サイドゴアのショートブーツを合わせた。ミリタリー風のショートダウンを羽織《はお》れば、コーディネートはばっちりだ。

　服の好みは元より、やはりサイズがちゃんと合うのがすごい。これはどういうマジックなんだろうかと、瀬名は単純に不思議に思う。

　ジェラルドほどのステイタスのありそうな人ならば、瀬名の住んでいる所を調べるなど造作《ぞうさ》もないことだろうが（きっと、アーサーがちゃっちゃと調べさせたに違いない）いくら何でも身体のサイズまではわからないだろうに。

（そのうち、訊いてみよう）

思いながらリビングに出向くと、朝食はダイニングに用意されていた。リビングルームの他に、食事のためだけのスペースがあったのだ。

アーサーに椅子を引かれ、ジェラルドの向かい、フランの隣に腰を下ろす。焼きたてクロワッサンの甘い香りとハーブソーセージの香ばしい風味に、若い食欲を刺激された。

「いただきましゅ！」

ぱちんと手を合わせたフランのにこにこ笑顔と、悠然と微笑むジェラルド。

誰かと朝食を共にするということの幸せが、瀬名の胸に込み上げてくる。祖母は長く介護施設に入ったまま、亡くなってしまったから……。

慌てて目を擦ったのに、ジェラルドに見られてしまったらしい。「どうした？」と気遣わし気な視線が届けられる。

「すみません、ただ、こうやって一日を始められるっていいなって思って……」

「……では瀬名、君は――」

「あ、フラン、ほらほら、気をつけないとこぼしちゃうよ」

見れば、フランは危なっかしい手つきでミルクのカップを持ち上げようとしていた。手を添えて、フランがミルクを飲むのを手伝ってやる。

「シェナ、おひげー」

口の周りにできたミルクの輪っかを得意そうに見せて、フランはご機嫌だ。

答えが半ばになってしまったけれど、ジェラルドはそれ以上何も言わず、瀬名がフランの世話を焼くのを目を細めて見守っていた。

まるで陽だまりの中にいるような、幸せな一日の始まりだった。


「や！　フランもいっしょいくの！」

だが案の定、フェアリーランドのアルバイトに出かける時にはフランに泣かれてしまった。

「今日はお仕事だけど、今度、ダディとフランと僕とで遊びに行こうね」

何とか宥《なだ》めて約束して、キリがないからと笑うジェラルドに見送られ、後ろ髪を引かれる思いでホテルを出るのが日常になっていった。もう泣き止んだだろうか、まだ泣いているんじゃないだろうかと、毎日気がかりで仕方がない。

バイトに行くのに送迎なんて分不相応だと、瀬名はリムジンでの送迎を断って、徒歩と電車でフェアリーランドへと通っていた。

大学は卒業に必要な単位は取得してしまっているから、ゼミの連絡会や、消化的な講義に顔を出すくらいだ。気がかりなのは就職活動だが、インターネットで情報を集め、めぼしい所にエントリーシートを送った。

朝はフランと別れを惜しみ、「行ってらっしゃい」と送り出される幸せを噛みしめる。バイトを終えて帰れば「おかえり」と出迎えられ、待つ人のいる場所に帰る幸せを実感する。毎日、空き時間や休みの日はフランと遊び、時には三人で出かけることもあった。

バイト先でも「表情が明るくなった」と言われ、瀬名は、心が温かく満たされていることを感じずにはいられなかった。フランくらいの子を見れば、微笑みかけずにいられないし、小さな子どもを連れた家族が困っていれば、構えずに、自然に手を貸せるようになった。

まだ出会って間もなくて、一緒に過ごすようになってそれほど長いわけでもない。だが、二人の存在は、瀬名の中でとても大きくなっていった。

『夜は大人のための時間だ』

フランが寝たあと、そう言ってジェラルドに連れ出されるのは、これで何度目だろうか。ホテルの最上階のバーだったり、エグゼクティブな会員制のシアターで、コンサートやショーを観たりすることもあった。

＊＊＊

そういう時、ぐっすりと夢の中のフランには、アーサーがついている。

「君が寝かしつけてくれるようになって、夜泣きがなくなったから、安心してアーサーに任せられるようになったんだ。本当にありがとう」

添い寝するという概念は彼らの国にはないようで、最初はジェラルドも驚いていた。だが、瀬名の好きにやらせてくれている。

一緒に横になって絵本を読み、身体をトントンしてあげるだけだから、大変でも何でもない。

フランはとってもいい子で眠りにつく。赤ちゃんみたいに両手をバンザイして眠る様子が可愛くて、頰にキスせずにはいられない。何よりも瀬名自身がその状況を楽しんでいるのだから、そんなふうに感謝されると却《かえ》って恐縮してしまう。

今夜はリムジンではなく、ジェラルドが運転する車でドライブに出た。夜の闇の中で、なお際立《きわだ》つ漆黒のスポーツセダンは、ドイツ製の某有名メーカーのものだ。おそらく、最上級クラスであろうオーラを放っている。

「日本は私たちの国と同じ右側通行だからありがたいよ」

「旅行先でもこうやって自分で運転されるんですか？」

「そうだね。気ままに出かけたくなることもあるからね。だから乗り慣れた車がいい」

「……ということは、自国から車を持ってきておられるんですか？」

「ああ」

軽快にハンドルをさばきながら、ジェラルドはリラックスした様子だった。

ステアリングはいい感じでレザーの艶《つや》が出て、使い込まれていることを感じさせる。整備はもとより、細部まで手入れが行き届いた様子がうかがえて、オーナーの愛情が感じられた。ここはいわばジェラルドのプライベートな空間で、まるで自室に招き入れられたような親近感を、瀬名は嬉しく感じた。

「この車にプライベートで乗ったのは、フラン以外では君だけだな」

——なのに、そんなことを言うから、どんな反応をすればいいのか困ってしまう。深い意味などないのかもしれない。だが、胸の鼓動を高められてしまうのだ。助手席という距離の近さも手伝って、瀬名の頬は熱くなっていった。

「どうした？」

黙ってしまった瀬名を訝《いぶか》しんだのか、問いかける言葉が向けられる。

「……何でもありません」

誰のせいだと思ってるんですか——少し憮然《ぶぜん》と答えてしまったら、
危ぶむような答えが返ってきた。瀬名は、慌てて自分の反応を反省する。

「楽しくない？」

「ごめんなさい、そんなのじゃないんです！　すごく楽しいです。ただ……」

「ただ？」

答えを促す優しい声。だが、どう答えればいいのだろう。

ジェラルドの思わせぶりな、そして時に意味深な言動に、いちいち反応してしまう自分がいることを。

からかわれているのだろうし、さりげなくこういう駆け引きをかわすのが、スマートな大人のつき合いなのだろう。だが、そんなふうに割り切れるほど瀬名は遊び慣れていないし、ましてやジェラルドは自分と同じ男の人なのに。

「うまく言えないんですけど、ジェラルドさんの大切な空間に僕なんかが割り込んでしまっていいのかなって……」

何とか答えを絞り出す。今はこれだけ言うのが精一杯だった。

「私とフランの大切な君を卑下《ひげ》しないでほしい。それが例え、君本人であったとしてもね」

返ってきた答えは、瀬名の予想をはるかに上回るものだった。瀬名は驚いて、運転するジェラルドの横顔を見る。

「君はひと目でフランの心を虜《とりこ》にした。フランにとって、君は愛する大切な存在だ。私にはもう、それだけで十分なんだよ。子どもの本能と直感を侮《あなど》ってはいけない」

真摯な口調だった。

からかわれているとか駆け引きだとか、そんなものをずっと超えたところで自分という存在を肯定してくれる——その包容力に、瀬名は陥落するより他はなかった。

「いいね？」

信号で車が停まった。ハンドルを離した左手がふんわりと瀬名の手を包み込み、その温《ぬく》もりは、車の発進と同時にそっと離れていった。

(僕はもう、ひとりぼっちじゃないんだ)

そう思ったら泣けてきて、瀬名は静かにしゃくりあげてしまった。そんな瀬名に気づいているのかいないのか、ジェラルドは何も言わずに車を走らせ続けた。


さりげなく差し伸べられた手に、そっと自分のそれを載せる。車を降りる時もそうだったけれど、とても自然なエスコートに、大切に扱われていることを感じる。

だが、やっぱり指が触れ合うとドキドキする。指先から、鼓動がジェラルドに伝わってしまうのではないかと心配になるくらいだ。

「足元、気をつけて」

そう言っていざなわれたのは、港の一角に浮かぶクルーザーだった。もう何が出て来ても驚かないぞと思っていたけれど、やっぱりそんなわけにはいかなかった。

「気温が低いけれど、その分、空気が澄んでいる。海は凪《な》いでいるし、絶好のナイトクルーズコンディションだ」

説明されても、ただうなずくしかできない。だが、クルーザーが静かに出航すると、瀬名は興奮して、子どものようにはしゃいでしまった。

　プライベートデッキから臨む地上の夜景は素晴らしく、沖へ出れば、遠くなる灯りと相まって、今度は降り注ぐような星空に圧倒される。「温かくしておいで」と言われたわけがわかった。

「そんなに気に入ってもらえるとは思わなかった。フランでもこんなに喜ばないよ？」

「だって……素晴らしいです！」

　笑ったジェラルドにそう返し、瀬名はデッキの手すりに身を乗り出す。

「あっちの方、フェアリーランドですよね。すごいなあ。こんな遠くまでイルミネーションが見えるんだ」

「じゃあ、今度はヘリで空から見てみるか？」

「ええっ！」

「高い所は苦手？」

「そ、そうじゃなくて……」

「可愛いな、君は」

　会話になっているようないないような。ジェラルドは藍色の目を細めて微笑んだ。

「ヘリもいいけど、今度は三人でもう一度フェアリーランドに行きたいな」

「そうですね……」

寒いのに、顔だけが熱くて困る……だが、答えながら、不意に瀬名の頭にある考えが浮かんだ。

（そうだ……何で思いつかなかったんだろう）

思わず、顔中に笑みが広がる。ジェラルドはそんな瀬名を見逃さず、いたずらっぽい目で訊ねてきた。

「すごく嬉しそうな顔してるよ。何を考えてるの？」

「内緒です」

満面の笑みをジェラルドに向けたら、一瞬、彼の澄んだ瞳が大きく見開かれたような気がした。そのまま見つめられ、心臓がドクンッと一層、大きな音を立てる。

ややあって、ジェラルドは静かに口を開いた。

「さすがに冷えてきた……中へ入ろう」

「僕、もう少しここにいます」

熱い視線から、本能的に逃げを打ってしまう。再び手すりに身を乗り出すが、背後から温かいもので包み込まれ、捕まえられてしまった。

「では、こうしていよう」

　ジェラルドの広い胸と柔らかなブランケットに包まれて、逃げ場が無くなってしまう。だが胸が高鳴る一方で、その温かさに触れて、冷えた身体と共に心がじんわりと緩んだのも事実だった。

　こんなふうにジェラルドの懐《ふところ》に迎え入れられるのは、彼が心を開いてくれている証なのだ。そう、例えるなら、きっと弟に向けられるのと同じような――。

「さっき、泣いていたね」

　波のしじまに、ジェラルドの声がした。顔を上げると、風に乱された前髪を優しく梳かれる。

　その仕草が心地よくて、瀬名は小さく息をついた。優しく問われたことも――泣いていたのを見られていたのは恥ずかしかったけれど――嬉しかった。

「一人じゃ、ないんだなって思って……」

「一人？」

「僕、身寄《みよ》りがないんです」

　最初の一言を言ってしまったら、止められなくて言葉があふれ出てしまった。

「子どもの頃に両親が亡くなって、祖母が僕の親代わりでした。でも、祖母もこの冬に亡くなって……もちろん、友だちはいるし、完全に一人になったわけじゃないんだって思おうとしてました。でも、やっぱり寂しかったんです」

「恋人は？」

低く、抑えたような声で問われる。「いいえ」と答えると、ジェラルドは「そうか」と短く答えた。

「ひとりぼっちになって、就職先も失って、立ち直れそうになかった時に、フランとあなたに出会ったんです。お二人に大切にしてもらって、本当に――」

そこまで言って、胸が詰まって言葉を失った。何て言えばいいんだろう。この気持ちを彼らに伝えるには……。

一生懸命考えて、何とか言葉をかき集めた。これしかないんだと思って、ジェラルドの目をまっすぐに見つめる。

「僕に出会ってくださって、本当にありがとうございました」

「瀬名、君って子は……」

困ったようにも、責めるようにも聞こえる甘い声が、耳のすぐ近くで聞こえる。瀬名は、ジェラルドにブランケットごと強く抱きしめられていた。

「その礼は、私たちこそ君に言わなければいけない。これからもずっと、私とフランの側にいて欲しいと思っているよ」

そうできたら、どんなにいいだろう。

だが、その思いは胸の中だけで呟いた。一緒にいればいるほど、別れがつらくなる。それは、よくわかっていたはずだったのに。

最初は二週間くらいのつもりだった。それがもう、離れがたくて一か月近くになろうとしているのだ。

心なしか、ジェラルドの藍色の目が潤《うる》んでいる。端正な顔が近付いてきて、このままでは唇が触れ合ってしまう。

(キス……される？　唇に？　どうしよう、どうしたら——)

「くしゅん！」

だが、逡巡《しゅんじゅん》の最中、瀬名は小さなくしゃみをしてしまった。

「ご、ごめんなさい！」

恥ずかしさで真っ赤になる瀬名に、ジェラルドは余裕のある笑みをみせる。

「さすがに寒さが限界だな。キャビンへ入ろう。ホットラムを用意しているから」

その後は、暖房のきいたキャビンでホットラムを飲みながら、ナイトランチを楽しんだ。

先程の雰囲気が気恥ずかしくて、瀬名はいつもよりおしゃべりになってしまう。

用意されたバスケットから出てくるチーズやオードブル、ローストビーフのサンドイッチで満腹になる。その上にアルコール度数の強いホットラムも手伝って、クルーザーが港に着く頃には、瀬名はブランケットに顔をうずめてウトウトとし始めていた。

「帰ろうか」

ふわりと身体が浮いて、抱き上げられたのかな……と思う。だが、もう眠くて眠くて、うなずくのがやっとだった。

「ん……」

ふっとジェラルドが微笑んだ気配がして、ややあって顔に冷たい空気が触れた。クルーザーの外に出たのだろう。だが、ブランケットにしっかり包まれた上に、ジェラルドの体温も感じて、身体は温かだった。

「お帰りなさいませ」

（アーサーさんの声だ……そうか、お酒を飲んだから迎えに来たんだな……）

「フランは？」

「よく眠っておられますので、別の者をつけてきました」

「ありがとう」

「こちらもよく眠っておられますね」

「ああ、ホットラムが効いたみたいだな」

「ジェラルド様」

微妙に、窘めるようにアーサーの語尾が上がった。

「何だ？　おまえが思うようなことは何もしていないぞ。本当にラムが強かっただけだからな」

（ん？　僕のこと――？　ホットラムが、なんだって……？）

どうだか……という顔をして、アーサーはスポーツセダンの後部ドアを開けながら、瀬名の寝顔をうかがい見た。

「しかし可愛い寝顔ですね。日本人は若く見えると言いますが、こうしていると、まさか成人しているようには見えません」

「だが、これでなかなかの苦労人のようだよ」

「……彼をこれからどうなさるおつもりです？」

しばし瀬名を見つめたあと、ジェラルドは運転席のアーサーの背中に向かって答えた。

「何も、考えていないわけじゃない。ただ、ふんぎりがつかないだけだ」

「あなたのお気持ちもわからないではないですが……」

エンジンをかけ、アーサーは静かに車を発進させる。

「先延ばしにしても仕方ありません。遅かれ早かれ、あなたの本当の姿を知ったら、彼は傷つくでしょう。そうすれば、フラン様をも悲しませることになるのではありませんか？」

そして、「申し訳ありません。出過ぎたことを申しあげました」と、背筋を正す。

「いや、おまえの言いたいことはわかっている。それに、もう、休暇も終わりだということもな……」

言葉の終わり、ジェラルドは腕の中にいる瀬名の額にそっと唇を触れた。

二人の秘密めいたやり取りも、額にキスされたことも、まどろむ瀬名にとっては全て夢の中の出来事で、やがて本格的な眠りの波にさらわれていった。

＊＊＊

「――さあ、まほうのじゅもんをとなえます。おおきなこえで、あっぷっぷ！」

「ぷ！」

「ちいさなこえで、あっぷっぷ……」

「ぷ……」

「みんなでいっしょにあっぷっぷ。ほら、にこにこえがおがさきました！」

瀬名が抑揚《よくよう》をつけて絵本を読むと、フランは一生懸命に声を合わせ、挿絵のにこにこお日さまの顔を真似ている。

瀬名も一緒になってお日さまの顔を作ると、フランはきゃーっと大喜び。聞き手と読み手が一体化できる、フランの大好きな絵本の一つだ。ラプフェルの童話作家、ハリス女史の日本未発表の絵本で、瀬名もたちまち夢中になってしまった。日本から遠く離れた北の国にも、にらめっこ遊びがあるというのも楽しい。

「シェナ、もういっかい。もういっかいごほんよんで」

せがむフランを膝の上に抱っこし直して絵本を読んでいたら、ジェラルドが帰ってきた。いつもより硬質な雰囲気のスーツ姿だ。仕事なのか、彼は最近、アーサーとこうして出かけることが度々《たびたび》あった。

「ダディ！」

「ただいま、フラン。いい子にしてたかい？」

まとわりつく息子をひょいっと抱き上げ、頬ずりをする。そして、瀬名にも優しいまなざしを向けた。

「ただいま、瀬名」

「お帰りなさい」

少しドキドキしながら答える。彼にキスされるのでは――と思ったあの日から、瀬名はジェラルドにときめく自分を素直に受け入れるようになっていた。

(だって、あの時、このままキスされてもいいと思ったんだ)

彼が何を思っていたのかはわからないけれど……だが、いろいろ思い悩んで日々を過ごすより、残された時間を楽しく過ごしたいから。

大学の卒業式が近付いていて、そろそろこの生活も終わりにしなければ……と瀬名は考えていた。ジェラルドとアーサーの様子を見ていても、きっと彼らの帰国も近いのだろうとうかがえた。

フランはきっと悲しむだろうと思ったら、胸が痛んだ。でも、だからこそ素敵な思い出をたくさん作ってあげたい。そう考えてひそかに計画していたことを、今日はジェラルドに話そうと思っていた。

「あの……これ、受け取ってください」

瀬名が差し出した小さな封筒を、ジェラルドは不思議そうな顔で手にした。

「フェアリーランドのパスポートなんです。一緒に行こうねってフランと約束していて
……」

思い切って渡したのはいいけれど、彼のようなセレブにテーマパークのパスポートだなんて、的外れもいいところなのではないかと急に心配になった。却って、失礼なことをしたのかもしれないと……だが、ジェラルドは嬉しそうな顔で微笑んだ。

「これは、君からのプレゼントだと思っていいのかな？」

「はい！」

ホッとして、答える声が大きくなる。

「貸し切りも楽しいかもしれないですけど、遊園地やテーマパークって、たくさんの人がいてこそ、楽しいんだって思うんです。すれ違う人がみんな笑ってて、それだけで幸せな気持ちになれるんだって」

出会った時、フランが迷子になって訳アリな連中に連れ去られそうになったことが気がかりだが、それならば、僕はずっとフランの手を放さないでいようと瀬名は思っていた。

「何かあったら、僕が身を挺《てい》してフランを守ります。フランに、フェアリーランドは素敵なところだと覚えていてほしいから……」

「ありがとう」

ジェラルドの大きな手が、瀬名のさらさらの黒髪をくしゃっとかきまわす。

やっぱりそんなふうに不意に触れられたら心臓が跳ねてしまう。この前は、キスされてもいいなんて思ったくせに。

ジェラルドは、パスポートの入った封筒に軽くキスをした。その横顔に思わず見惚れてしまう。

こんな仕草が決まってしまうなんて、世界中探したってきっと彼しかいない。そんな男を、今、自分だけが独占しているのだ。

「フラン、週末は瀬名とダディと一緒にフェアリーランドだ」

「いっしょ？　シェナと、ダディと、フラン？」

目を輝かせて大人たちを見上げるフランを、ジェラルドは勢いよく抱き上げた。

「そうだ。いい子にしてないと一緒に行けないぞ？」

「フラン、いいこ！」

唇を尖らせたふくれっつらが、食べてしまいたいくらいに可愛い。

本当に、奇跡みたいな親子だ。そして、彼らに出会えたことも奇跡。だが、奇跡は永遠に続いたりしない。

（ここで、ジェラルドさんとフランと一緒に過ごせただけで幸せなんだ）

その思い出があれば、これからも生きていける。二人の姿をたくさん心に焼き付けておこうと、瀬名は思った。

「あちた、おてんきになあれ」

瀬名と二人でてるてる坊主をたくさん作ったフランの願いが届いたのか、その日は雲一つない快晴だった。三月の初めにしては暖かく、風もない。

「部屋中にこの奇妙な人形が吊るされて、どうなることかと思いました」

アーサーの率直な感想に苦笑しながら、瀬名はフランの着替えを手伝った。ボトムス類は座れば何とか一人で着られるが、トップスにはまだ手助けが必要だ。

パーカーをぱふんと頭から被せてやると、よいしょよいしょと一生懸命に袖口に腕を通す。小さい子にしてみれば、服を着るというだけのことも大変な作業なのだ。フランを見ていると、自分もこんなふうに大きくなったのかなと、せつないような微笑ましいような気持ちになる。

『いいこにしてないと、みんなでフェアリーランドにいけない』と思っていたからか、フランは特に、一人でお着替えをがんばった。そうして、もこもこパーカーを着こんで耳つきのニット帽子を被ったフランは、まるで小さなテディベアみたいだった。

「可愛い！」

フェアリーランドのどんなキャラクターよりも可愛い。レザーのジャケットを着こなしたジェラルドは言うまでもなく、三人でパークのゲートをくぐった瞬間から、周囲から感嘆の視線が集まってくるのを、瀬名は否応なく感じた。

「見て、あの人たちすっごく素敵！」

「ハリウッド俳優のお忍び？」

「……にしては随分オープンだけど」

「あの男の子、すっごくカワイイ！　金髪の男の人がパパだよね……ってことは、あの日本人の彼は？」

「うん、あの子も美形だよね。いったいどういうグループ？」

そんな呟きが漏れ聞こえてきて、瀬名は誇らしいやら気恥ずかしいやら。

だが、ジェラルドは投げかけられる視線をさりげにかわしている。きっと、『注目されること』ということに慣れているのだろう。フランも、こちらを見ている女の子たちに天使の微笑を惜しげもなく振りまいている。

「シェナ、おうましゃん！」

フランに袖を引っ張られて視線の方を見ると、回転木馬がオルゴールのように回っていた。ノスタルジックな雰囲気が、大人にも人気のアトラクションだ。

「ぐるぐる回るけど、怖くない？」

こくこくとうなずくフランに、ジェラルドは「行っておいで」と促す。

期待に目を輝かせるフランを前に座らせ、少し高めの馬に乗る。見上げるダディに手を振りながら、フランは大はしゃぎだった。

小さな子ども連れだから、友だちと一緒の時のような絶叫系のアトラクションには乗れない。普段はチョイスしないような、のんびりほのぼの系が中心になるが、それがまた楽しい。

フランがいて、ジェラルドがいて——ショーやパレードの場所取りで並んでも、ただ歩いていることとさえ楽しかった。フランを真ん中に、三人で手をつないで。

こんなふうに、家族で遊園地などを訪れた記憶がない。父と母と瀬名と、観覧車に乗っている写真が残っているのだが、幼くて覚えていないのだ。

それがとても悲しかった。だが、その寂しさが今日という日に上書きされていく。

そして、自分の考えたことに気がついて、はたと足を止めてしまう。

（家族だなんて……僕たちはそんなのじゃないのに）

そんなこと思うなんて、いくらなんでも厚かましすぎる。

「どうした？」

急に立ち止まった瀬名を訝しんで、ジェラルドが振り返った。フランが「シェナ、いっしょ、いっしょよ！」と小さな手で手招きをしている。瀬名は急いで笑顔に戻り、ベンチを指さした。

「ちょっと休憩しましょうか」

飲み物でも買ってきますね、とその場を離れたら、気が緩んだのか、引っ込めたはずの涙が込み上げてきた。

（やだな。何で泣けるんだろ……）

幸せで、寂しくて、そんな複雑な涙もあるんだと知った。目をごしごし擦《こす》って、キャラメルポップコーンとソフトクリームを買って戻ると、フランはジェラルドの膝の上で、こっくりこっくりと可愛い舟を漕《こ》いでいた。

「ちょっと遊び疲れたみたいだよ」

「いつもはお昼寝してる時間ですもんね」

だが、二人の声で目を覚まし、ソフトクリームを見て喜びの声を上げる。

「あいしゅ！」

「じゃあ手をちゃんときれいにしてからね」

ソフトクリームを舐めながらポップコーンを頬張る、少々お行儀の悪いフランを、ジェラルドは優しい目で見守っていた。だが、山盛りのポップコーンを摘もうとはしない。

「あの、甘いものはお嫌いでした？」

瀬名がおずおずと訊ねると、ジェラルドは申し訳なさそうに「ごめん、そんなのじゃないんだ」と否定した。

「子どもの頃、こうやって外で買ったものを食べさせてもらえなくてね。今でも少々、食べてもいいのかなって戸惑うんだ」

驚く瀬名に、ジェラルドは苦笑する。

「まったく、今から思えば過保護もいいところだ」

セレブゆえに、ジャンクフードやファストフードは安全性や衛生上、疑わしいものとして躾《しつ》けられてきたのだろうか。庶民の自分との感覚の違いを感じ、瀬名は少々面食《めんく》らう。

そして、次の瞬間、急に不安になった。

「じゃあ、フランにも食べさせたらダメでしたよね？　すみません。僕、そこまで考えられなくて……」

「ああ、それは違うよ。私自身はフランにそんな制限はしていない。およそ全ての子どもが経験するようなことは、どんどん経験させたいと思っている」

よほど、窮屈《きゅうくつ》な子ども時代を送ったのだろうか……そう言えば、彼の子どもの頃の話を聞くのは初めてだ。と、いうよりも——。

(僕、ジェラルドさんのことは何も知らないんだ)

今さら気がつき、愕然とする。何となく、ステイタスのある人なんだろうと思っていたけれど、それ以上を知ろうとはしなかった。知る必要のないほど、彼が温かく包んでくれたからだけれど……。

「つまらない話をしてしまったね——いただきます」

ジェラルドは綺麗な指先でポップコーンを摘み、口に運んだ。そんな仕草でさえ、優雅で素敵だ。

「美味しいよ」

「よかった……！」

二口めを運ぶジェラルドにホッとする傍らで、瀬名は複雑な思いに囚われていた。

(もっと、ジェラルドさんのことを知りたい)

今頃になってそんなことを思うなんて。

もうすぐ、さよならしなくちゃいけないのに。

たくさん遊んで夜のパレードまで観たら、フランは帰りの車に乗ると同時に、瀬名の膝ですやすやと寝息をたて始めた。

あったかい重みが膝に心地よくて、瀬名も眠気を覚えてしまう。その肩を、優しく抱き寄せられた。

「今日は疲れただろう？　いろいろ気遣ってもらって、本当に感謝しているよ。今日だけじゃない、毎日……」

（何だかお別れの言葉みたいだ）

彼の広い胸に身体をあずけながら、そんなことを思う。やっぱり彼も、その日が近いことを考えているのだと。

何も言えなくなって、ただ一言「いいえ」と呟き、瀬名は眠ったふりをした。

ホテルに帰り、熟睡しているフランを子ども部屋のベッドに寝かせたが、トントンしながら、一緒になって居眠りをしてしまったらしい。

「いけない。シャワーして着替えなくちゃ」

そうして、リビングにスマートフォンを置きっぱなしにしていることに気がつき、ドアをノックしようとした時だった。

リビングのドアは重厚な作りで、閉めてしまえば中の音は遮断される。だが、そのドアが少しだけ開いていた。だから、いつもなら聞こえないはずの室内の会話が漏れ聞こえてしまったのだ。

「……事故の損失、被害は以上、報告申しあげた通りです」

最初に聞こえたのは、アーサーの平坦な声だった。続いて、不安を滲《にじ》ませたようなジェラルドの抑えた声。

「人的な被害はなかったのだな?」

「はい、避難は完璧でした。すぐにお伝えしなかったのはそのためです。指示をいただかずともこちらで対処できることだと判断しましたので」

「感謝するよ」

心からホッとしたような声で答え、ジェラルドは深く息をついた。

「だが、現場が気になる。これはもう、早々に戻らなければならないな」

「その方がよろしいかと」

戻る、という言葉に、背中にすうっと冷たい汗が流れた。

やっぱりそうなんだ……でも、事故って、現場ってどういうことだろう。何か大変なことが起こった様子だけれど……。

立ち聞きしているという状況を自覚しつつも、瀬名はジェラルドの近辺にまつわる話が気にかかって、その場を立ち去ることができなかった。息を殺し、会話の続きを待つ。

「不謹慎を承知で申しあげますが、あなたに国に帰る決心をさせてくださって、今回の件には感謝しますよ」

「言葉に棘《とげ》があると感じるのは、私の気のせいか？」

アーサーの皮肉に、ジェラルドは苦笑いした。

「あなたらしくもない、と申しあげただけです」

「さすがはアーサーだな。おまえは何もかもお見通しというわけだ」

「当然です。フラン様くらいの頃からずっと、私はあなたと一緒にいるのですから」

「……そういえば、サラは元気か？　もう長い間、顔を見ていないが」

「話を逸らしてもだめです」

アーサーは容赦なく言い募った。

「アメリア様が亡くなってから、あなたがフラン様以外の者の前で心から笑えるようになったのは、彼に出会ったからだということもわかっています。ですが、あなたにはもう、王子に戻っていただかねばなりません。非礼を承知で申しあげますが、彼を連れて行きたいなら、真実を話すべきです。あなたにも、そのことはよくわかっているのではないのですか?」

——アメリア様って? いや、それよりもアーサーさんは今、何て言った?

(王子に戻る、って——?)

聞こえてきた言葉に衝撃を受けて、瀬名は崩れ落ちそうになる身体を咄嗟に壁で支えた。ドン、と背中と壁がぶつかる鈍い音が振動となって、リビングにいる二人の耳に届く。

「瀬名?」

焦りを含んだ声と共に、ドアを開けたのはジェラルドだった。壁際に座り込む瀬名を見て、端正な顔に困惑した表情が浮かぶ。

「瀬名……」

悪いのは、立ち聞きなんて不作法なことをした自分なのだ。だが、瀬名はジェラルドを問い詰めずにいられなかった。

「どういう……ことですか?」

僕が彼を責めるのは間違っている。それでも止められない。問う声は可笑しいくらいに震えていた。

「あなたは、ラプフェルの王子様なんですか……？」

「ラプフェル王国の第一王子、ジェラルド・クリスティ・オブ・ラプフェル様だ」

答えたのはアーサーだった。

「フラン様は、ジェラルド様に続く王位継承第二位。フランシス・ジュリアン・オブ・ラプフェル王子という」

王子と呼ばれたその人は、何かを耐えるような目をして眉根を寄せていた。そして、膝を折り、座り込んでいる瀬名の手を取る。

「すまなかった。黙っていて……」

僕はどうしてこんなにショックを受けているんだろう。どうしてこの人に謝らせているんだろう――。

初めて会った時も、こうして手を取られた。ひざまずいて、手の甲にキスをして、どうしてそんなことが自然にできるんだろう、どうしてこんなにスマートなエスコートが決まるんだろうと思っていた。

それだけじゃない。数々の洗練された仕草や優雅でいて自然な物腰。空気のように一流品をまとう雰囲気。若いのに威厳があって……。

「王子様だったからなんだ」

気持ちを自分の中で消化しきれず、ひとりごとがこぼれてしまった。発した台詞にジェラルドの表情がさらに辛そうに歪《ゆが》んだのを見て、瀬名は取られた手をそっと外し、立ち上がる。

「ごめんなさい。少し驚いてしまって……部屋へ戻りますね。立ち聞きなんかして、すみませんでした」

だって、まさか王族だったなんて。

ジェラルドもフランも、一気に遠い所へ行ってしまった。庶民の自分とは住む世界が違い過ぎる。

（それなのに、僕はジェラルドさんに恋をしてしまったんだ……）

部屋のベッドに身を投げて、瀬名はシーツをぎゅっと握りしめた。こんなにショックを受けているのはそのせいだ。ここ最近、自分の中に芽生えていた感情に気がついてしまったから。

大切に扱われて夢見心地だった。抱きしめられて心が揺れた。キスされてもいいと思った。

だが、そんな甘やかな感情が、「だったらどうして？」という苦い疑問に変換される。

彼が、他者の心を弄《もてあそ》ぶような人でないことはわかっている。ジェラルドの真の姿に衝撃を受けても、それは変わらない。だがどうしても、彼が自分にそんなに優しくしてくれたわけがわからないのだ。

まばゆい世界に住む人と、ちっぱけで平凡な自分——可哀想だと思われたのだろうか。

身寄りがないなんて言ったから、気まぐれな同情を向けられたの？

（フラン……）

だが、フランのまっすぐに澄んだ目には、嘘はないはずだ。あの子は、僕を一心に慕ってくれた。『シェナ』と舌ったらずで呼ばれるのが好きだった。抱っこすると日向《ひなた》の匂いがして、幸せな気持ちになれた。

もう、それだけでいいよ……。

（できるだけ早く、ここを出よう）

ここは自分のいるべき場所じゃないと、痛む心を決める。

「瀬名？」

静かなノックの音と共にジェラルドの声がして、瀬名は咄嗟にシーツに潜り込んだ。

拗ねている顔を見られたくなかったのと、彼への恋を自覚した今となっては、どんな顔をして彼を見ればいいのかわからなかったのと、両方だった。

「入るよ」

コツコツと、優しい靴音。ベッドが柔らかく軋《きし》んで、ジェラルドがうずくまる自分の傍らに腰を下ろしたことがわかった。シーツからこぼれた髪の毛を、ふわりと撫でられる。

「驚かせて、悪かった」

ジェラルドは静かに語り始める。

「もっと早く本当のことを言うべきだったね。ただ、これだけはわかってほしい。君と過ごす毎日があまりにも楽しくて、余計なことは言いたくなかったんだ。正直、最初は君をこんなに手放したくなくなるなんて思いもしなかったし、一緒にいればいるほど、今度は、王子なんて身分を取り払った、素のままの私やフランを見てほしいと思った」

「……」

「だが、全ては言い訳だ。君を傷つけてしまったことには変わりない」

ため息をつき、ジェラルドは立ち上がった。

「明日は、フランと君の好きな、パンケーキで朝食にしよう。メイプルシロップにブルーベリーをたくさん添えてね。今日はとても楽しかったよ……おやすみ」

ほどなく、ドアが閉まる音がした。彼が遠ざかる気配を追いながら、駆けて行って縋りつきたい衝動をじっと耐える。

彼に不審感を抱いてしまっても、傷ついても、それが答えだった。瀬名は、シーツの中で代わりに自分を抱きしめた。

（ジェラルドさんが好き……）

急激に身体が熱くなる。あまり自分ではしたことがないけれど、知らない疼きではない。

ただ、自分はこういうことがそれほど好きじゃないと思っていたのだ。だが、今、瀬名の身体を苛《さいな》むそれは、これまでに感じたことがないほどの甘苦しくて切羽詰まった疼きだった。

「……っ」

不埒《ふらち》な熱を発するその場所に、吸い寄せられるように指を這わせる。触れたら我慢できなくなって、ボクサーショーツの中に手を潜り込ませた。

（うそ、こんな……っ）

痛いほどに張りつめるそれに直接触れた時、自分でも信じられなくて慄《おのの》いた。びくびくと脈打ち、火傷《やけど》しそうに熱くなっている。夢中で根元から扱《しご》き上げたら、先端のスリットからとろりとこぼれるものがあった。

「や……っ」

それが何を意味するのかに気づいて、恥ずかしさに一瞬だけ躊躇《ちゅうちょ》する。だが、耳の奥で『瀬名……』と呼ぶ甘い声が蘇《よみがえ》って、理性は消し飛んだ。

「あ、は……っ」

手を動かしながら閉じた目の奥に、藍色の瞳が映る。何度、そうやって包み込むように見下ろされただろうか。その顔が近付いてきて、そっと唇を捕えられる。

（嬉しい……キス、してほしかったんだ……）

想像と現実が曖昧《あいまい》になって、懸命に唇を舌でなぞる。こぼれた雫が茎も手も濡らし、扱き上げる動きがスムーズになっていく。

（ジェラルドさ……、あ、もっと……もっと触って……）

――いい子だね。

頭の中で彼が妖艶《ようえん》に微笑み、キスが深くなる。刹那《せつな》、ぞわりと背筋が粟立って、瀬名はあえなく快感の波に身をさらわれた。

「あ……っ――」

どろりと、手の中に生温かい感触。肩で息をして、次の瞬間に押し寄せたのは、どうしようもない虚しさとせつなさだった。

濡れた手のひらをじっと見つめる。直接触れられたことも、キスされたこともないくせに一人で想像したりして、僕は一体、何をやってるんだろう。

こんな形で、彼に恋する自分を思い知らされるなんて。あろうことか、一国の王子様を思って、自分を慰めてしまうなんて……。

（フランにも、ジェラルドさんにも合わせる顔がないよ……）

やっぱり、明日にでもここを出て行こう。これ以上、こんなことを繰り返す前に……。

重い心と身体を引きずるようにして、瀬名はバスルームへと向かった。

＊＊＊

「ジェラルドさんにお話したいことがあるので、少しの間、フランをお願いできませんか？」

朝食のあと、アーサーに声をかけると、彼は灰青色の目を少し眇《すが》めてみせた。だが、すぐに状況を察し「わかりました」と深く頭を下げる。

大好きなメイプルシロップをかけたパンケーキを食べてご機嫌のフランは、ＤＶＤの映像に合わせて、ぴょこぴょこと踊っていた。あどけない仕草に心が和《なご》む。彼を前にして、別れの話などできそうもなかった。

ジェラルドは自室に籠っていた。朝から慌ただしかったから、きっと、急ぎの案件があるのだろう。

昨夜、彼を思ってあんなことをしてしまって、朝食の席でジェラルドの顔を見るのは辛かった。だが、フランを不安がらせてはいけないと思って、懸命にいつも通りにふるまった。

ゲストルームには、既にここを出て行く準備をしてある。準備と言っても、身一つで来たようなものだから、大した荷物にはならなかった。ジェラルドから贈られたものは全て置いていくから、ここを出る前に、自分の服に着替えるつもりだ。

あれから眠れなくて、インターネットでラプフェル王国のことを調べてみた。

最初にヒットしたのは、ラプフェル近海の油田に関する記事だった。そして、『イケメンすぎる現代のプリンス十選』という、まとめブログ。

その中ほどに、フォーマルなタキシード姿のジェラルドの画像があった。息子のフランシス王子も、超美形なお子様だと書かれている。

こうして検索すれば、全てわかることだったのだ。幸せで、楽しくて、どんなに気が緩んでいたのだろう。

気を取り直し、油田の記事を読む。

ラプフェル王国は小さな島国で、厳しい気候のせいで土地は肥沃《ひよく》とはいいがたい。だが、国民の生活水準は高く、経済的にも文化的にも豊かな国だ。それは全て、油田の利益からもたらされるものだということがわかった。

油田は王家が管理しているが、同時に企業化されている。代表者は、第一王子のジェラルド・クリスティ・オブ・ラプフェル——とある経済誌は、こう書いていた。

『……ラプフェル王家が所有する油田が潤沢《じゅんたく》な利益を上げ、あますことなく国民の利益に還元《かんげん》されているのは、ひとえに経営者である、ジェラルド王子の手腕によるものであろう。彼は既に、限りある資源が枯渇《こかつ》した時のことも考え——』

まだ二十代後半、若いけれど大物だと絶賛されている。北国のオイルダラーであると同時に、容姿も頭脳も兼ね備えた、まさに現代のプリンスであると。

（そんなにすごい人だったんだ）

他には、こんな記事もあった。

『長男のフランシス王子が生まれてほどなく、夫人のアメリア妃が死去。以後、息子を常に身の側に置き、そのイクメンぶりも注目されている。世の女性たちにとっては彼の再婚話も気になるところだ』

『ロイヤル・シングルファーザー』の見出しで添えられている画像は、スーツ姿でフランを抱っこするジェラルドの姿だった。フランは今より小さくて、まだ赤ちゃんの面影を残している。

こういうこと全てを、ネットではなく彼の口から聞かなくてはいけなかった。だが、そうしなかったのは、全て自分のせいだった。

何となくクリックしたら、今度は女性の画像が出てきた。豊かなブルネットに黒い瞳の、少女のように愛らしい女の人だ。

(この人がアメリア妃……フランのママで、ジェラルドさんの……)

彼が愛したひとなのだと思ったら、胸が重苦しく軋んだ。亡くなっているひとに嫉妬めいた感情を抱いてしまう自分も嫌だ。

瞳と髪の色が、母を思い出させるのだろうとジェラルドは言ったが、僕なんか足元にも及ばないと思ってしまう。

結局、様々な感情に振り回されて、昨夜はほとんど眠れなかった。明け方、眠るのを諦めて、出立《しゅったつ》の用意をしたのだ。

DVDを観終わり、瀬名に絵本を持ってきたフランに、アーサーが膝を折って声をかける。

「フラン様、これから少しの間、アーサーと遊びましょう」

どうして？　と見開かれた大きな瞳に、アーサーは優しく言い聞かせた。

「瀬名様は、大事なご用があるのですよ」

「……や！」

だが、フランは瀬名の背後に回り込み、隠れてしまう。

「フラン様」

「やなの！」

二歳児特有の自己主張まっさかりの時期ではあるものの、しっかりと言い聞かせられて躾けられてきたフランは、本能的に『聞き分けなければいけない場面』を、よく理解している。アーサーのことだって、本当は大好きなのだ。だから、今の抵抗はフランには珍しいことだった。

「フラン、少しの間だけだよ。アーサーさんと一緒に待っていて」

瀬名も言い聞かせるが、やはり「や！」と首を振る。何度かそんなことを繰り返し、ついには瀬名の脚にしがみついて「わーん」と泣き出してしまった。

「フラン……」

これほど、フランが聞き訳がなかったことはない。もしかしたら、何かを察しているのだろうか。子どもは自分を取り巻く愛情には、とても敏感だと聞いたことがある。

（僕だって、本当はフランと離れたくない……）

でも、どうしようもないんだ……。

心を鬼にして、瀬名は泣きじゃくるフランを抱き上げ、押しつけるようにしてアーサーに託した。

「シェナ！」

「ごめんねフラン……あとから、いっぱいぎゅってするから」

そんなことをすれば、互いに離れがたくなるだけだ。わかっていても、そう言わずにはいられなかった。

「お願いします。アーサーさん」

自分の名を呼ぶ泣き声に心を引き裂かれながら、リビングを出てジェラルドのいる部屋のドアをノックする。

やや切羽詰まったノックに、「どうぞ」とジェラルドの声が応じた。ドアを開けたら、彼はうず高く積まれた書類の間で、ノートパソコンに向かっているところだった。

「お仕事中、申し訳ありません」

「君がこの部屋に来るのはめずらしいね。どうしたの？」

忙しいだろうに、仕事の手を止めて正面から向き合ってくれる。スタイリッシュな眼鏡をかけたクールな顔が素敵で、こんな時なのに見惚れてしまいそうになる。

「今、少しお時間いただいても大丈夫ですか？」

「何だ？　改まって」

少し笑ったジェラルドの目をまっすぐに見返して、瀬名は意を決した。

「お話があります」

言い切った瀬名に、ジェラルドの視線は危ぶむように揺れた。パソコンのモニターを閉じ、二人の間を隔《へだ》てるものは何もなくなる。

「聞こう」

ジェラルドの短い返事を合図に一つ息を吸って、瀬名は深く頭を下げた。

「長い間、お世話になりました……今日、こちらを失礼させていただこうと思っています」

「……おそらく、そう言うだろうと思っていたよ」

ジェラルドは淡々と言葉を返す。だが、その表情には辛そうな影が見て取れた。

「最初の予定をかなりオーバーしていましたし、このまま、ここで甘えっぱなしになっていてはいけないと思っていました。でも、なかなか言い出せなくて……」

「きっかけは、昨日の出来事か」

「はい」

素直にうなずくと、ジェラルドは微かに笑った。どこか、自嘲《じちょう》的な笑みだった。

「それは私も同じだ。言い出すタイミングを計りかねて、そして、どうすれば君を引き留められるのか、そのことばかり考えていた」

それは、フランのためだけに……？

言えない問いは心の奥に押し込んで、瀬名は感謝を口にした。これだけは、心からの真実だから。

「この一か月半、本当に楽しくて、幸せでした……フランが可愛くて可愛くて、目の中に入れても痛くない、って言葉が日本にはあるんですけど、本当にそんな感じでした。ジェラルドさんにも良くしていただいて……僕に居場所を与えてくださって、ありがとうございました」

「君は、これからどうするの？」

「卒業式を終えたら、とにかく仕事を探します」

「私たちと一緒にいるという選択肢《し》は君の中にはないのかい？」

単刀直入に問われ、一瞬だけ怯《ひる》んだ。だが、精一杯の笑顔で返す。

「これ以上、お世話になる理由がありませんから。僕は本当にただの一般人ですし、今のままでは、一方的にしていただくばかりになってしまいます。そんなのはダメなんです」

――本当は、理由はもう一つあった。

これ以上、彼を好きになることはできない。叶わない恋に向き合うのは辛い。住む世界の違う人だから。自分と同じ、男の人だから。

瀬名の話を静かに聞いていたジェラルドは、ややあって、真摯な目のままで立ち上がった。デスクから離れ、瀬名の前に立つ。

「では、私から提案だ」

ゆっくりと、彼は口火を切った。

「私が君を雇用しよう。フランのベビーシッターとして、そして、教育係として」

「――雇用？」

思いもしなかった提案に驚いて問い返すと、ジェラルドは深くうなずいた。

「これまでは、私が仕事をしている傍らで、フランを何とか遊ばせておくことができた。だが、これからは、どんどん行動範囲が広がって、様々なことを学んでいく大切な時期だ。だから私は、いつもフランの側にいて、子育ての一端《いったん》を担《にな》ってくれる優秀な人材を探していた。単なる衣食住の世話だけではない。躾をして家庭教育を施してくれる、父親としての私のパートナーだ。しかも、君は腕が立つ。フランのボディガードとしても適任だ。君以上に、ふさわしい人間はいないと思っている」

ベビーシッターという立場でフランの側にいられる――？

それは、瀬名にとって願ってもない提案だった。

フランを愛することにかけては、誰にも負けないつもりだ。だが、教育係として……と言われると自信がない。ジェラルドはそんな瀬名を安心させるように、柔らかく微笑んでみせた。

「何よりも、フランは君を愛している。それが最大の理由だ」

「……っ」

その言葉に、堪《こら》え切れずに涙があふれてしまった。本当に、そんなことが許されるんだろうか。雇用という形を取ることで、負い目を感じずに彼らの側にいられるのだ。

「すみません……嬉しくて……」

瀬名の頭をぽんぽんと叩き、ジェラルドはソファに座った。長い脚を組み、ここへおいでと自分の隣を指し示す。おずおずと座ると、ジェラルドは昔語りをするように、少し遠い目をして話し始めた。

「ラプフェル王国では、王家の子どもは生まれてすぐから、しかるべき乳母の家で養育されるというしきたりがある」

日本でも、武家や華族にはそういうしきたりがあったはずだ。だが、ごく普通に現代の一般庶民として育った瀬名には、想像しかできない世界だった。

「もちろん、私もそんなふうにして育った。私の乳母はアーサーの母親で、私は彼女も彼女の家族も大好きだったし、大切に育ててもらったことをとても感謝している。だが、私は実の父親に頭を撫でてもらったことすらないんだよ。それがずっと寂しくて、自分の子どもは自分の手元で育てようと決めていたんだ」

「そうだったんですか……」

自分は実の親と早くに死に別れてしまったけれど、親が側にいながら、甘えることもできなかったなんて……。

ジェラルドの寂しい一面を知り、瀬名の心にせつなさが湧き起こる。彼がフランを側に置きたいという気持ちがひしひしと伝わってきて、胸が痛いほどだった。

「そのために、僕にできることなら何だってします……させてください」

真摯な目で告げると、「私たちと一緒に来てくれるんだね？」と確認される。

その声の甘さに、問いかける言葉の響きに、うっとりと酔いそうになってしまう自分を戒《いまし》め、瀬名は改めて「はい」と、大きくうなずいた。

彼らと一緒に行くということは、居場所を得るのと同時に、ジェラルドへの叶わない恋とつき合っていくことでもある。だが、やっぱりフランの側に――この人の側にいることを選んでしまった。

だが瀬名の感傷《かんしょう》は、ジェラルドが話題を変えたことによって打ち切られた。

「では、ここからは君を正式なフランのベビーシッターとして見込んでの話だ。よく聞いて欲しい」

ジェラルドの口調には、これまでとは違う緊張感がうかがえた。ただならぬ雰囲気に、瀬名も思わず姿勢を正す。

「実は今、フランの亡くなった母親の実家に――ラプフェルの隣国の王家だが、フランの引き渡しを強く要求されている」

「引き渡し？」

「つまり、正当な王位の継承者として、フランを寄越せということだ」

「そんな！　どうして……」

「ちょっとしたお家騒動が起こっているんだ。その旗頭《はたがしら》としてフランが必要なのさ。何かと理由をこじつけては、養育権の正当性を主張してくる」

ちゃんと父親が育てているのに、そんなことあり得ない。その理不尽な要求に、瀬名はたちまち憤《いきどお》りを感じた。

「もちろん、フランは絶対に渡さない。だが、そのやり方が少々強引というか荒っぽくて困っているんだ。君もフェアリーランドで実際に立ち会っただろう？」

「では、あの時の？」

眉根を寄せ、ジェラルドはうなずく。

「だから、もしもの時にはフランを守れる者でなければ、ベビーシッターは任せられない」

腕が立つ、と求められた意味がわかった。瀬名の心に、より一層、フランを守らなければという使命感の火がともる。

「あの時、君は多勢に無勢ながら、フランを守るために彼らに立ち向かってくれた。本当に頼もしかったよ」

ジェラルドはまっすぐに瀬名の目を見つめた。語りかけてくる瞳が深い海のように青くて、呑み込まれそうだ。

「改めて、君をフランのベビーシッターとして任命する。私の子育てのパートナーとして、どうか、フランをよろしく頼む」

「一生懸命に努めます」

フランを愛しく思う心と使命感、居場所を与えられた嬉しさ、そして、見つめるだけの恋を選んだ覚悟——様々な思いで胸が詰まって、その短い言葉がちゃんと言えたのかどうか。

だが、ジェラルドは包み込むような温かいまなざしで微笑んでくれた。

3

大学の卒業式を終え、瀬名はラプフェル王国の国際空港に降り立った。ロンドンを経由《けいゆ》して、約十二時間のフライトを終えたそこは、空気の澄み切った北の国だ。

空港は小規模ながら、ＳＦ映画に出てくるような近未来基地を思わせた。その一方で、行き交う人が皆、見慣れぬ日本人に温かく笑いかけてくれて、ここが物質的にも精神的にも豊かな国であることを感じさせる。

入国ゲートをくぐったら、真っ赤なダッフルコートを来た子どもが、こちらに向かって駆けてくるのが見えた。

「シェナー！」

「フラン！」

胸に飛び込むようにして抱きついてくるフランを受け止める。ふわふわの金髪とあったかな身体を抱きしめて、三週間ぶりのフランを堪能《たんのう》した。

「フラン、会いたかった！」

「シェナ、しゅきしゅき！」

顔中をちっちゃな手でぺたぺたされて、キス責めの大歓迎だ。

「くすぐったいよ。フランてば！」

笑いながらフランを抱き上げた時、その頭越しに、ジェラルドが歩み寄ってくるのが見えた。

ドキン、と心臓が大きな音を立てる。赤くなる顔を、咄嗟にフランのまき毛にうずめてごまかした。

「遠い所をよく来てくれたね。待っていたよ」

声を聞くだけでも泣けそうだった。フランとは違う意味で、彼にまた会えたことが嬉しい。待っていたよと言われたことが。

「改めてよろしくお願いします。ジェラルド殿下」

殿下と呼ばれ、ジェラルドは笑顔を少し曇らせた。だが、これは瀬名が自分で決めた一線なのだ。舞い上がりそうな再会の時だからこそ、瀬名は懸命に自分を律《りっ》した。

（これからは、王子とベビーシッターなんだから）

初めて瀬名がそう呼んだ時、ジェラルドは寂しそうな顔をした。

『今までのように名前で呼んではくれないのか？』

『けじめですから……』

それ以上、ジェラルドは何も言わなかったが、彼がそのことを味気《あじけ》なく思っているのがわかった。だが、恋心に歯止めをかけるには、こうするしかない。そうすることでどれほどの効果があるのかはわからないけれど、名前を呼んだら、自分を抑えられなくなりそうで。

「ようこそ、ラプフェル王国へ」

控えていたアーサーにスーツケースを託し、ジェラルドのスポーツセダンに乗り込む。自らハンドルを握り、愛車で迎えに来てくれていたのだ。

「城までは三十分ほどで着く。それまで寛いでいるといい。だが、フランがそうさせてはくれないかな？」

城、という言葉に一瞬驚く。だがすぐに、

（ああそうか、王子様なんだからお城に住んでるんだよね）

と思い直していたら、チャイルドシートに座ったフランが「シェナ、おかおこっち！」と、両手を伸ばしてきた。やんちゃな顔だ。数週間会わなかっただけだが、何だか大きくなったような気がするのは気のせいだろうか。

「フラン、風邪とかひきませんでしたか？　日本と気候が違うし、気になっていたんです」

日本に滞在していた間も、夕方になって冷え込むとコンコンと咳をしていたから……訊ねると、ジェラルドはハンドルを切りながら答えた。

「すごく元気だったよ。でも、君に会いたがって毎日大変だった。悪魔が乗り移ったんじゃないかと思うくらいにね……いや、本当に君が来てくれてホッとしてるよ」

ジェラルドの口調には、しみじみとした実感がこもっていた。

何だろうと思いながらフランを見ると、満面に愛らしい笑み。宗教画の天使がチャイルドシートに座っているんじゃないかと思うくらいだ。久しぶりに会ったせいか、愛《いと》しくって仕方ない。

（こんなに可愛いフランが悪魔だなんて、そんなことあるわけないよ）

そのうちに、車は市街地を通り抜けた。四方を海に囲まれた国だけあって、遠くに青い海岸線を臨《のぞ》むことができる。古い石畳と城壁に守られた街並は白い壁に赤い屋根の家が多く、時折見える教会の鐘楼《しょうろう》がロマンチックな雰囲気を醸《かも》し出していた。まるで、童話の世界に迷い込んだようだ。

「すごく素敵な街ですね」

「ここは郊外だから、まだこうして昔風の街並が残っているんだ。気に入ったかい？」

「はい、とても！」

ハリス女史の物語に出てくるような、小人や魔法使いに出会えそうな雰囲気に、瀬名ははしゃいだ声を上げる。

「今度また、ゆっくりと案内しよう――さあ、もうすぐ城が見えてくる」

車は、両側に木々を侍《はべ》らせた一本道へと入って行った。うっそうと針葉樹が繁る様は、ちょっとした森の中のようだ。

だが、もうすぐと言われたが、一向にそれらしい建物は見えてこない。

「あの、お城はどこに……？」

瀬名が問うと、ジェラルドは「さっきから敷地内に入っている」と事も無げに答えた。

……では、この森自体が城の一部なのだ。やはり、庶民の物差しで彼らの生活を測るのは無理がある。

「シェナ、おうち」

フランが指さす方を見ると、木々の途切れたその先に、重厚なアイアンの門が姿を現した。両側には黒いスーツで身を固めた屈強な男たちが立ち、さらにそのずっと奥に、石造りの建物が見える。

わあ、と感嘆の声を発する間もなく、車が近付くと、門が自動的に開いた。入った先は庭園で、常緑のコニファやトピアリーが芸術的に配された中央に、大きな噴水があった。瀬名を歓迎するかのように水が勢いよく吹き上がり、驚いた鳥たちがバサバサと飛び立っていく。

木の根元には、うす茶色のうさぎが耳をぴくぴくさせて立っている。その前を、ふさふさ尻尾を揺らしながら、リスが駆けていった。ここはもう、庭園というよりも自然公園だ。

城の中に入っても、瀬名はため息の連続だった。

日本で滞在していたスイートルームのような華やかさはないが、家具も調度品も内装も、全てが重厚なものばかりだ。

家の中に甲冑《かっちゅう》が飾られているのを、実際に見るのは初めてだった。特に圧巻なのはスワロフスキーのシャンデリアで、アンティークと称するのは申し訳ないような荘厳さは、まさに舞踏会が似合いそうだ。その他も目に映るもの全てに、長年、大切に受け継がれてきた歴史や伝統のようなものを感じる。

「こっち、こっちよ！」

フランに手を引っ張られて足を踏み入れたホールには、十名ほどの人々が控えていた。

「お帰りなさいませ」

深々と頭を下げる人たちの前で、瀬名はどう振る舞えばいいのかわからない。助けを求めるようにジェラルドを見ると、彼は「大丈夫だ」というように微笑んで、瀬名の肩を抱いた。

「紹介しよう。今日からフランのベビーシッターと教育係を勤めてくれる、瀬名・藤堂だ。遠く日本から来てもらった。皆、よろしく頼む」

「瀬名・藤堂です。どうぞよろしくお願いします」

深く一礼して頭を上げると、白髪の初老の紳士に両手を握られた。執事服――というのだろうか。丈《たけ》の長い、フォーマルなスーツを身につけた上品な男だ。

「おお、あなたがフラン様の。お待ちしておりました。お待ちしておりましたよ！」

「まあ、本当にフラン様がすっかり懐《なつ》かれて」

彼の隣にいた、インテリっぽい女の人もしきりに感嘆する。

歓迎されるのは嬉しいが、少々大げさなのではないかと思えた。彼らだけでなく、周囲の者も皆、一様に安堵したような顔をしているのは気のせいだろうか。

その様子に、ジェラルドも苦笑している。フランは目をきらきらさせて、ただ一心に瀬名を見つめていた。

「夜泣き?」

香り高い紅茶をいただきながら、瀬名は驚きの声を上げた。

目の前には、高級感あふれるアフタヌーンティーのテーブル。銀のタワーに、サンドイッチやスコーン、見た目にも可愛いスイーツがサービスされている。

「君と別れてこちらへ戻ってきてから、ほぼ毎日ね」

ジェラルドは優雅にティーカップを傾けた。

「一度泣き出したら、何をしても泣き止まない。火がついたように泣き続けるんだ。泣き疲れて明け方にやっとウトウトして、寝たりないから昼寝が長くなってしまう。それでまた夜は眠れずに泣くという悪循環だよ。王宮の者は皆、フランの夜泣きにつき合わされて睡眠不足さ」

悪魔が乗り移ったんじゃないかというのは、そういうことだったのだ。王宮の人たちも、ベビーシッターが到着すれば何とかなると思ったのかもしれない。

「何か、怖い夢でも見たんでしょうか」

心配顔の瀬名に、ジェラルドはいたずらっぽく笑ってみせた。

「原因は君だよ」

「僕ですか？」

「小児科医に相談したら、ストレスだろうと言われた。だったら、君と離れた寂しさから来るストレス以外にないだろう？」

少し離れたゴブラン織のソファの上で、自分と同じくらいの大きさのテディベアを抱え、フランは親指をちゅっちゅしていた。眠い時の仕草だ。

瀬名が隣に座ると、膝に頭を乗せてくる。ジャケットの袖をぎゅっと掴み、安心したように、瞬いていた目を閉じた。

そんなに寂しい思いをさせてしまったなんて……胸が潰れそうに痛くなって、瀬名は唇を噛んだ。

「ごめんねフラン……もう、どこにも行かないよ。ずっとそばにいるからね」

囁いて髪を撫でる。ジェラルドはそんな瀬名を見て、口の中で呟いた。

「まったく――我が息子ながら妬《や》けるね」

え？　何ですか？　よく聞こえなくて問い返すと、ジェラルドは深いまなざしを向けてきた。

視線が合い、心臓が甘い音を立てて跳ねる。慌てて視線を外し、俯いたままフランの髪を撫で続けた。

（ダメダメ……初日からこんなにドキドキしてたら）

慣れなきゃ、と自分を叱咤《しった》する。僕はジェラルド王子に雇用されたベビーシッターであり、教育係なんだから。

「少しだけお昼寝したら、起こしていっぱい遊びます。昼間に身体を動かして夕食をたくさん食べたら熟睡できると思うんです。まずは昼夜逆転のリズムを何とかしないと」

出立までの間、育児書や子育てに関する本を片っ端から読んで、育児について勉強した。もちろん付け焼刃《やきば》だとわかっているけれど、どんなに小さなことでも学んでおきたかったのだ。

子育ての一端を、ジェラルドと共に担《にな》うのだ。おそらくは将来、この国のリーダーとなるであろうフランの養育を。

人ひとりの人生にかかわるなんて、それはどんなに重責で、そして素晴らしい仕事だろう。

そう思ったら、身が引き締まった。

「すっかり教育係の顔だね」

ジェラルドも、そんな瀬名を頼もしげに見やる。

「では、ここは一旦女官長に任せて、君の部屋へ案内しよう」

女官長というのは、先ほど出会ったインテリ風の女の人のことらしい。彼女が呼ばれ、フランに寄り添うのを確認してから、ジェラルドに伴われて自室へ向かった。

部屋にはもう、スーツケースと共に、日本から送った荷物が据《す》えられていた。身一つで来ればいいと言われ、大方のものは処分してきたので、荷物といってもわずかばかりだ。

大きな窓のある広々とした部屋だった。暖炉があって、ぱちぱちと気持ちのいい火が燃えている。

「わからないことがあれば、何でもアーサーに聞くといい」

「はい」

答えたら、ジェラルドは瀬名の頬に手を滑らせた。一瞬だけ撫でられて離れ、ふっと微笑まれる。

「来てくれて嬉しいよ」

そう言って、ジェラルドは部屋を出て行った。

残された瀬名は、触れられた頬の熱さをどうしていいかわからずに、ただ立ち尽くすばかりだった。

＊＊＊

昼寝から起こされたフランは、瀬名と遊べることがわかっているからか、ぐずることなくご機嫌だった。

子ども部屋からは日当たりのよい広いデッキに出られるようになっていて、そこには芝生が敷かれ、ブランコやすべり台、砂場にプールまである。日本の幼稚園の園庭みたいな感じだ。

「素敵なお庭だね」

「おしゅなばであしょぶの！」

日本よりもずっと北に位置するこの国は、四月とはいってもまだまだ寒い。だが、フランのリクエストで、しっかりと防寒《ぼうかん》をして外で遊ぶことにした。

フランは大得意で、お気に入りのお砂場道具を見せてくれた。ちっちゃなシャベルやバケツや型抜き道具を、真っ赤な押し車に乗せて運んでくる。

「可愛いなあ……」

思わず声に出して感嘆する。フランと出会って感じるようになったことだが、子どもの道具というのは、ほのぼのとしていて見ているだけで心が和む。

二人で大きな山を作り、瀬名はがんばってトンネルを掘った。その次はすべり台を何往復もして、最後はフランを膝に乗せてブランコを漕《こ》いだ。

時差ボケも忘れるくらいに夢中になって遊んだので、二人ともジャケットの下はすっかり汗ばんでしまった。

「このままじゃ、夕食までに身体が冷えちゃうな……そうだ！」

思いつき、バスの用意を女官長に頼んだ。「バスタブには、湯をたっぷりと張ってください」とお願いする。

「では、瀬名様にもお風呂の用意をいたしましょう。フラン様のお風呂は私どもがいたしますので」

「いいえ、僕がフランと一緒に入りますから大丈夫ですよ」

答えると、女官長はぎょっとしたような顔をした。だが、すぐにインテリ女史の顔に戻り、銀ぶち眼鏡の位置を直す。

「フラン様とお風呂をご一緒されるというのですか？」

「はい。ちゃんと身体を洗って、お湯にゆっくり浸かってしっかりと温まりますから」

女官長は黙ったままだった。さすがに瀬名も何か変なことを言っただろうかと気になりだした頃、彼女は戸惑ったような口調で答えた。

「そのようなこと……日本ではそうかもしれませんが、こちらではそのような習慣はございませんので」

「お風呂に浸かるということがですか？」

「いえ、温泉地では水着を着てお湯に浸かります。ですが、それはあくまでも湯治《とうじ》でして、普段の入浴でそのようなことは……」

「だったら、僕に任せてくださいませんか？　きっとフランも喜びます。入浴は新陳代謝《しんちんたいしゃ》が活発になって、身体にもいいんですよ」

「ですが……」

「フラン様のことは瀬名様にお任せするようにとの、ジェラルド様のお言葉だ」

女官長の背後から口を挟んだのはアーサーだった。女官長は、しぶしぶ「わかりました」とその場を辞す。

「すみません、アーサーさん。僕、よけいなことを言ってしまったんでしょうか？」

瀬名が危ぶむと、アーサーはいつものように表情の動かない顔で答えた。

「こちらでは、入浴というのはバスタブで身体を洗うことを言います。誰かと一緒に入浴するという習慣もありません。日本のそれとはまったく違っているので、彼女も戸惑ったのでしょう。ですが、ジェラルド様は全てあなたに任せると言っておられます。そのために、私からも助力するようにと」

淡々とした口調ではあるが、アーサーの言葉は瀬名に元気をくれた。ジェラルドがそんなふうに思ってくれていることが嬉しい。

「ありがとうございます。では、フランと一緒にお風呂をいただいてきますね」

「ごゆっくりどうぞ」

子ども部屋へと入っていく瀬名の後ろ姿を見送り、アーサーはジェラルドの執務室へと足を向けた。

浴室は、総タイル張りの贅沢な空間だった。大きなバスタブは大理石でできていて、真ちゅうのハンドルを捻《ひね》れば、直接、中でシャワーが使える仕組みだ。

瀬名が頼んだ通りに、バスタブには湯がたっぷりと張られていた。だがこの国では、身体を温めて発汗作用を促すのはサウナの役目で、風呂は単に身体を洗う場所という認識らしい。

「バスタブで身体を洗うだけなんてもったいないよね」

髪と身体を洗ってからフランを抱っこして湯に浸かると、思った通りフランは大喜びだった。瀬名が浮かべたあひるのおもちゃが気に入って、ご機嫌で遊びだす。

それは、フランへのお土産《みやげ》にと日本から持ってきたものだった。上から手で押さえても、すぐに浮き上がってくるのが面白いらしく、何度も繰り返している。

「ガーガーしゃん」

「うん。あひるさんだよ」

「あひう？」

「この小さい方はフランかな？　そしたら、こっちの大きいあひるさんがダディだね」

「ダディ、あひうたん！」

フランが大きな声で復唱した時、バタンと浴室のドアが開いた。

「ダディがどうしたって？」

「ジェ、ジェラルド殿下！」

背後で聞こえた声に、振り向いた瀬名は飛び上がらんばかりに驚いた。ジェラルドが裸

足でそこに立っているのだ。急に、自分が裸であることを思い出し、瀬名は浴槽深く身体を沈めた。

（心臓に悪いよ……っ！）

彼にしてみれば、息子が入浴している様子を見に来ただけなのだろうが、瀬名は恥ずかしくてどうにかなりそうだった。自意識過剰と言われようとも、好きな相手の目の前で、今、自分は全裸なのだから。

「気持ちいいかい？　フラン」

「きもちーの！」

ジェラルドの問いに、フランは湯をばしゃばしゃ跳ね上げて答えた。そして、浴槽の中からジェラルドの腕を引っ張る。

「ダディも！」

（うそっ！）

どうしよう、と焦《あせ》る瀬名をよそに、ジェラルドは笑いながら答えた。

「ここに三人で入るのは少し狭いな。今度にしよう」

（こ、今度って……）

そして服が濡れるのも構わず、バスタブの縁に脚を組んで腰かける。

「日本の温泉にも興味があったのだが、前回の滞在では機会がなくて残念だった。日本ではこうして裸で入るのが普通なのだろう？」

「は、はい。そうです」

「では、今度試してみよう。フランも気に入ったみたいだし、みんなで入れば楽しそうだ」

「ダディ、いっしょ？　あひうたんしゅる？」

「今度ね。さあフラン、よくあったまったみたいだから、ダディと一緒にお着替えしよう」

ほかほかのフランを抱き上げ、バスタオルを広げたジェラルドに渡す。恥ずかしがっていたらよけいに変だと、思い切って湯舟から立ち上がった。

「ありがとう」

ジェラルドはフランを抱っこしてドアの向こうへと移動する。

どうしよう、僕も一緒に上がって着替えを手伝うべきなのか……焦って、そして少し湯あたりしていたせいかもしれない。バスタブから出ようとした瀬名は、思いっきり足を引っかけ、タイルの上で転んでしまった。

「大丈夫？」

額に冷たい感触を覚えてゆっくり目を開けると、そこにはジェラルドの濃いブルーの瞳。心配そうな面持ちで、瀬名のことを見下ろしている。その隣で、フランもまんまるの目を瞬いた。

瀬名は寝椅子の上に横たわり、身体にはバスローブが着せられていた。どうやら少しの間、気を失っていたらしい。

湯あたりして転んでしまうなんて……。

張り切って「フランのことは任せてください」なんて言ったくせに、穴があったら入りたい。しかも、浴場からこの寝椅子まで運んでバスローブを着せてくれたのはきっとジェラルドで、ということは、身体をしっかり見られてしまったということになる。何とも、二重の恥ずかしさだ。

「頭は打っていないと思うが、気分はどうだ？　吐き気は？」

「大丈夫です。本当にすみません」

起き上がりかけた瀬名を、ジェラルドは優しく制した。

「日本から着いたばかりだというのに、いろいろさせてしまってすまなかった。今日はもう、ゆっくり休むといい。ディナーも君の部屋まで運ばせよう」

「いえ、少し休めば大丈夫ですから、フランのことはちゃんとやらせてください」

フランは、その愛くるしい顔が許す限りの真面目な表情で、自分と瀬名の額に手を当てていた。熱を測っているつもりなのか、きっと、自分が具合の悪い時にされることを再現しているのだろう。

「フランシス先生、瀬名の具合はどうですか？」

「シェナ、おねちゅありましぇん」

ジェラルドのかしこまった問いかけに、フランは得意そうに答えた。その様子が驚異的に可愛くて、瀬名は金色の頭をぎゅっと抱きしめた。

「フラン、僕と一緒にねんねしようね」

「シェナとねんねしゅる！」

「うん、いっぱいおうた歌ってあげるね」

ラブラブなその様子に、ジェラルドは「やれやれ」と苦笑した。

「君たちはお互いに片時も離れていたくないんだってことがわかったよ。では、瀬名の部屋にフランの食事も運ばせよう。私も一緒にできるといいんだが、あいにく、これから用があるんだ」

「お仕事ですか？」

「ああ、こちらへ戻ってから忙しいんだ。だが、君が来てくれたから、これからは安心して仕事に集中できる……ほら、電話だ」

スマートフォンが鳴って、ジェラルドは流暢《りゅうちょう》な外国語——フランス語だろうか——で話しながら踵《きびす》を返した。振り向きざま、「頼んだよ」と瀬名にアイメッセージを送り、フランには投げキスをする。

「ダディ、忙しそうだね」

その仕草に見惚れながら、瀬名はフランに話しかけた。

「それで、やっぱりすごくカッコいい」

「かっこい？」

小首をかしげて聞き返したフランが、瀬名の膝によじ登ってくる。よいしょっと膝の上に抱き上げて、ジェラルドの面差しを映す瞳に見入った。

「とっても素敵だってこと」

瀬名の言ったことを理解したのかどうか、フランはじっと瀬名の顔を見つめ、ややあってまっすぐな問いを向けてきた。

「シェナ、ダディ、しゅき？」

「えっ？」

「しゅき？」

二歳の子の問いに、深い意味はない。だが、そのピュアなまなざしに、時に審判にかけられているような思いをすることがある。だから、瀬名も心を込めて答えた。

「好きだよ……僕は君のダディが大好き」

初めてその言葉を、彼への思いを口にした……きっと一生、心の中に閉じ込めておくんだと思っていたのに。

声にして聞いたら、胸の中に甘いものが満ちていった。

熱くなる頬を持て余す瀬名の膝の上で、フランが「だいしゅき？」と無邪気に繰り返した。


ベッドに一緒に潜り込み、フランの大好きな『三匹のこぶた』の絵本を読んでいたら、オオカミがレンガの家の煙突を登るあたりから、フランのまぶたが重たくなってきた。

「——それから、三匹のこぶたはみんな揃って幸せに暮らしたということです」

物語を結び、絵本を閉じる。フランは瀬名の懐にすり寄ってきて、シャツの胸元をぎゅっと掴んだ。眠くてたまらないといった様子で、顔をすりすりしている。

抱き込んだ背中をトントンしながら、『トゥインクルトゥインクルリトルスター』を口ずさんだ。ほどなくすやすやと寝息が聞こえてきて、瀬名はそっと背中から手を離す。

「夜泣きだなんて、信じられないな……」

あどけないその寝顔を見飽《みあ》きることはなかった。だが、それ以上にこの場を立ち去りがたいのは、広い子ども部屋にフランを一人残していくのが忍びなかったせいだ。

日本で滞在していたホテルでは、ジェラルドのベッドの隣に、フランのベッドが置いてあったから気にならなかった。だが、これでは、もし夜中に目を覚ましたら暗闇にひとりぼっちだ。寂しくて、不安で泣けてしまったとしても仕方ないんじゃないだろうか。

「大丈夫、今夜から僕がそばにいるよ」

額にそっとキスしたら、フランは眠ったままで嬉しそうに微笑んだ——ように見えた。

結局その夜、フランは一度も目を覚ますことなく、寝ぐずって夜泣きすることもなかった。

日中にたくさん身体を動かして、昼寝を短くしたことがよかったのか、瀬名が側にいることで安心したのか……とにかく、王宮には数週間ぶりに安らかな夜が訪れた。

翌朝、王宮の話題は『フラン様が夜泣きしなかった』ことで持ち切りだった。その驚きぶりと喜びぶりに、いかに皆がフランの夜泣きに悩まされていたのかということを、瀬名は改めて思い知ることになった。

熟睡したフランは寝起きもよく、朝食のパンケーキをぱくぱくと平《たい》らげた。いつもは寝たりないせいか、朝食もぐずぐず言って食べられなかったというのだ。

「いったい、どんな魔法を使われたのですか？」

皆を代表して、女官長が訊ねる。瀬名は、恐縮しながら答えた。

「魔法だなんて……ただ、添い寝して、ひと晩、フランの側にいただけです」

途端に起こる軽いどよめき。それは、決して賞賛や感嘆ではなく、瀬名の発言に眉を顰《ひそ》めた雰囲気だった。

「添い寝をされたのですか？」

一転、詰問されるような立場になる。

確か、ジェラルドもラプフェルに添い寝の習慣はないと言っていたけれど……だが、その拒否反応は、『一緒に入浴』の比ではなかった。

「昼間にたくさん身体を動かして、入浴して身体を温めて、もし夜中に目を覚ましても怖くないように側にいただけです。それが、いけないことなのでしょうか……」

おずおずと訊ねると、「この国に添い寝の習慣はありません」と一刀両断された。

「ひとり寝は、子育ての基本です」

言い切った女官長の周りで、皆も一様にうなずいている。

「でも……」

口を開きかけたが、跳ね返されるような空気に気圧《けお》され、ここでは自分は異邦人《いほうじん》なのだと瀬名は痛感した。ジェラルドも、アーサーも昨夜から出かけていて不在だ。今、自分を援護してくれる人は誰もいなかった。

返す言葉を探す瀬名を助けてくれたのは、フランだった。

「シェナ、こっち、こっちよ」

ドアから顔をのぞかせ、おいでおいでと手招きしている。一礼してその場を辞し、子ども部屋に入ると、フランは瀬名の手を握ってテラスの方へと引っ張っていった。

ウッドデッキの中ほどに二羽のうさぎがちょこんと座っている。こんなに近くまで来たのは初めてだ。大きいのと、小さいのと……親子だろうか。

「うたぎたん」

目を輝かせ、フランは瀬名を見上げる。自分が見つけたうさぎを、瀬名に見せたかったのだ。

「可愛いね」

感動して、瀬名も感嘆をもらす。まだ冬毛のうさぎは、もふもふしてファーのかたまりのようだった。もっと近くで見たいと思ったフランがテラスドアを開けた途端に、ぴょんぴょん跳ねて逃げて行ってしまう。

「あー！」

フランは残念そうに声を上げ、瀬名を振り返った。

「うさぎさんたち、おうちに帰ったのかもしれないね。お庭をお散歩したら、また会えるかな」

フランといると癒される。先程の居心地の悪さも忘れていられた。

彼の笑顔を見ていると、入浴も添い寝も、間違ったことをしているとは思えないのだが……。

（文化の違いって難しいな……）

瀬名は胸の中でこっそりとため息をついた。

「少し疲れているんじゃないのか？　あまり顔色がよくないな」

不意にジェラルドに問われ、瀬名はハッとして顔を上げた。

昼下がりの子ども部屋では、昼寝から目覚めたフランが積木で遊んでいた。自分の身長くらい高く積めるようになったのが嬉しくて、今日はその様子をダディに見てもらうことができてご機嫌だ。

ジェラルドは王子としての公務と、油田の仕事で多忙を極めている。今日も、仕事の合間にできたわずかな空き時間にフランの様子を見るため王宮に戻ってきたのだ。

「フラン、しゅごい？」

「すごいすごい。フランは積木の天才だ」

大真面目で、積木のタワーを絶賛している。そんな、親バカ上等なジェラルドの様子を見ていると、瀬名も幸せな気持ちになる。

だから、自分の不安や迷いをジェラルドに告げるのはためらわれた。全てを任せると言った彼の信頼を裏切りたくはなかったし、何よりも、余計な心配をかけたくない。

（何とか、自分で解決しなきゃ）

ラプフェルへ来てから数週間、瀬名と王宮の人々の子育て感覚の違いは平行線を辿《たど》っていた。

スキンシップを大切にしたい瀬名の思いは、『それではフラン様のためにならない』と、皆の反感を買ったままだ。

添い寝も、一緒に入浴も続けている。フランは夜泣きすることなく、毎日元気だ。だから自分のやり方に自信を持てばいいのだろうけれど……。

実は今朝、皆の冷ややかな視線と共に、数人が仕事の合間に立ち話をしているのを偶然聞いてしまったのだ。

『そもそも、従来からの乳母制度を無視して自分の手で子育てをしようなんて、ジェラルド様のやり方が間違っているんだ。外国人のベビーシッターに好き勝手にさせて……』

自分が悪く言われるのは構わない。だが、自分のためにジェラルドが悪く言われるのはたまらなかった。

「日本とは気候も違うからね。それに、そろそろホームシックにかかりそうな頃なんじゃないか？」

ジェラルドの優しいまなざしは、瀬名にとって諸刃《もろは》の刃だ。気遣われて嬉しい反面、抑えようとしている恋心が頭をもたげ、甘えたい気持ちが制御できなくなりそうで怖い。

「ホームシックは大丈夫です。そういえば、今年は桜を見なかったなあって思うくらいです」

笑って答えると、ジェラルドは藍色の瞳に真摯な光を宿した。

「辛いことがあるなら、隠さずに言うんだよ？」

「えっ？」

胸中を見透かされたようで、どきりとする。

「前にも言ったけれど、私はフランのために君を選んだんだ。君を選んだ私を信じていればいい。君の考えは私の考えだ。それを忘れないで」

「殿下……」

声にしたら、堪え切れず涙がぽとんと落ちてしまった。泣いているのを見られたくなくて顔を逸らす。だが、肩を掴まれて胸の中に引き込まれた。

これは、泣いている僕を慰めるためのハグなんだ。

自分にそう言い聞かせても、瀬名にとってジェラルドに抱きしめられることは特別な意味があった。

そして、フランの目の前であることも構わず、ジェラルドの腕の力は強くなる。

「君がここへ来てから、フランはとても落ち着いている。君がいるから、私は安心して仕事に打ち込めるんだ」

一言ひとこと、言い聞かせるようにジェラルドは言葉を紡ぐ。たまらなくなってジェラルドの背中を抱き返しそうになった時、フランが二人の間に割り込んできた。

「フランもっ」

大好きな二人がハグしているのを見て、自分も入りたくなったのだろう。二人まとめてジェラルドが抱きしめてくれる。

「この国の歴史は、厳しい自然と痩せた大地との闘いの連続だった」

フラン越しに瀬名の髪に触れ、ジェラルドは静かに語る。

「だから、子どもは強くあれという子育て感が根付いている。だが、それは決して、子どもを愛さないということではないんだ。やり方が違うだけで」

「はい……」

それはわかる。王宮の皆も、フランのことが大切だからこそ、瀬名のやり方に疑問を抱くのだ。皆、思いは同じ――だからこそ、わかり合いたいと瀬名は思う。

「答えは、フランが教えてくれる」

意味深な台詞と共に、ジェラルドは抱きしめる腕を解いた。そして、膝を折ったままでフランに笑いかける。

「じゃあ、ダディはお仕事に戻るけれど、瀬名がいるから寂しくないね？」

「しゃみしくない！」

「ダディの代わりに、泣き虫の瀬名を守ってくれるかい？」

力いっぱいうなずいたフランの頭をぽんぽんと叩く。去り際《ぎわ》、瀬名に笑いかけ、ジェラルドは部屋を出て行った。

＊

「すまない。少々遅れたな」

車の後部座席に乗り込みながら、ジェラルドはドアを開けたアーサーに声をかけた。

「五分遅刻です」

アーサーが淡々と答え、車が発進する。今日はこれから、とある外国のＶＩＰとの会食が控えていた。

「食事の前にお召し替えをしていただかねばなりません」

「ああ」

……億劫《おっくう》だな、と思いながら、ジェラルドはやや荒っぽく自らの襟元を緩めた。

最近は特に多忙で、思うようにフランや瀬名の側にいてやることができない。

フランの子育てについて、瀬名が皆の理解を得られず辛い思いをしていることは、アーサーを通じて聞いていた。

だが、事態は思ったよりも深刻そうだった。このまま孤軍奮闘《こぐんふんとう》が続けば、瀬名は潰れてしまうかもしれない。

フランにも、そして瀬名にも笑っていてほしいから――。

「――やはり、実力行使《こうし》が必要か」

優秀な側近は、その一言でジェラルドの意を理解する。

「では、私が悪者になるしかありませんね」

「いいのか？」

「あなたがフラン様や瀬名様に恨まれては本末転倒《ほんまつてんとう》でしょう。それに王宮の者たちも、いくらあなたの命だと言われても、もう理屈では納得しません」

「そうだな……ありがとう。感謝するよ」

「その代わりに、休暇はあと一か月、我慢していただきます」

「そう来るか」

彼らしい切り返しに、ジェラルドは苦笑した。

＊

その翌週。

ジェラルドは国際会議に出席するため、一週間ほど王宮を留守にしていた。いつもなら王子につき従うはずのアーサーが王宮に留まっており、どうしたのかなと思ってはいたのだが――。

思いもしなかったことをアーサーに告げられ、瀬名は衝撃を受けた。

「今夜から、フランシス様に添い寝することは禁止です。瀬名様には、従来からの我が国のやり方に従っていただきます」

「そんな……どうして急にそんなこと――」

入浴の件では庇《かば》ってくれたのに。だが、アーサーは冷ややかな目で瀬名を一瞥《いちべつ》した。

「フランシス様は、いずれこの国のリーダーとなられるお方です。しかし、今のあなたのやり方では、フランシス様を甘やかすだけだと判断しました」

「甘やかすことと、甘えさせてあげることは違います……！」

思わず反論したが、アーサーは「それで？」と眼鏡の奥の目を眇《すが》めた。

「今夜からは、私がフランシス様をベッドへお連れします。いいですね？」

「待ってください！」

瀬名は、部屋を出て行こうとするアーサーを呼び止めた。

どうしてもこれだけは聞いておかねばならない。ジェラルドは「私を信じろ」と言ってくれた。だからこそ……！

「これは、ジェラルド殿下の命令なのですか？」

震える声で問うと、アーサーは眉も動かさずに答えた。

「いいえ。ですが、殿下が不在の今、瀬名様は、私に従っていただかねばなりません」

それ以上何も言えなくて、瀬名は力なく椅子に座り込んだ。

（やっぱり僕が間違っていたんだろうか。この国のやり方に従わなかったから罰を与えられた？）

だが、罰を受けるなら自分だけでいい。フランを巻き込まねばならないのは納得できなかった。そして、ジェラルドのくれた言葉は真実だったはずなのに。

アーサーのことも、日本にいた頃から信頼していた。愛想のよい男ではないけれど、一心に王子に仕える姿には感動せずにはいられなかったし、何よりも、ジェラルドも彼に深い信頼を寄せていた。

（それなのに……）

頭を抱え込んだ時、ぱたぱたと足音が近付いて来たかと思うと、あったかい手が頬に触れた。

「シェナ?」

フランが心配そうに瀬名を見上げている。だいじょうぶ？　と言いたげに青い瞳が揺れていた。

（ダメだ。こんな顔見せちゃ……）

ありったけの元気をかき集め、「ごめんね。お外で遊ぼうか」と笑いかける。その時、フランは背伸びして、ちいさな手で瀬名の頭を撫でた。

「いーこ、いーこ」

繰り返しながら、何度も撫でる。

慰めてくれているのだ――触れる手の温かさに、涙が込み上げる。

――君の考えは私の考えだ。それを忘れないで――

蘇ったジェラルドの声を、瀬名は心の中で抱きしめるしかできなかった。

その夜、アーサーは本当にフランの元へやってきた。

「フラン様、そろそろおやすみの時間ですよ」

口調はフランに向けて優しいが、側にいる瀬名のことは無視している。自分に対するアーサーの態度にも、心が痛んだ。

「お着替えして、ベッドに入りましょう」

アーサーが抱き上げると、フランはまるい目をぱちくりと見開いた。

「シェナは？　シェナとねんねしゅるの」

「瀬名様は参りません……今日からは、またフラン様一人で寝るのですよ」

途端に、可愛い顔の眉間《みけん》に皺《しわ》が寄る。

「や！」

そして、瀬名に向けて両手を差し出した。

「シェナ、シェナとねんねしゅるの！」

「フラン様」

「やーーっ！」

泣きながら自分に向けて伸ばされた両腕が、助けを求めるように空《くう》をかいている。どうして、こんなに泣かせてまで……。

理不尽な大人の理屈は、子どもには通用しない。それがどうしてわからないのか。身体ごと愛情を伝えれば、本能でちゃんと理解できるのに。

「やっぱり僕が寝かせます！」

だが、瀬名が抱き取るより、アーサーが大股でベッドルームへ消える方が早かった。あとを追った瀬名の目の前で中から鍵をかけられてしまい、中からはただ、フランが瀬名を呼ぶ泣き声が聞こえるばかり。

「開けて！　ここを開けてください！」

ドンドンとドアを叩くが、応答はない。そのうち、騒ぎを聞きつけて、女官長を筆頭に王宮の面々が子ども部屋に集まってきた。

「まあ、アーサー様が？」

「やはり、業《ごう》を煮やされたのか」

「しかし、あんなに泣いておられるのに……」

「遅かれ早かれ、こうすべきだったのだ。フラン様をよけいに泣かせることになってしまって辛いけれど……」

皆が思い思いに意見を述べる中で、瀬名はただドアの前で座り込んでいた。ややあってドアが開き、泣き声が止まないまま、アーサーが姿を現した。

「いいですね、皆さんもこの場を見守るように。何が正しいのか――フラン様が答えを見せてくれるはずです」


――答えは、フランが教えてくれる。

ジェラルドもそう言った……瀬名が顔を上げた時、アーサーが微かに目配せをした。

（何？）

視線での問いかけには答えずに、アーサーはフランのいる部屋へと戻る。ドアが開いた時に泣き声がより一層大きく聞こえ、瀬名の我慢は限界に達した。

「フラン！」

「瀬名様、いけません！」

皆の制止の声も振り切り、ベッドルームへと突撃する。フランはアーサーに抱かれてえぐえぐと泣いていた……だが、アーサーの様子が、先ほどまでとは明らかに違う。

「フラン様……悪いのは全てアーサーです」

ごめんなさい、と言いながら、慈《いつく》しむような表情で、フランを抱っこしてあやしている。

低いバリトンで子守唄を歌い、背中をトントンと叩いている。

これではまるで、彼が主張していたこととと正反対だ。アーサーは、何とかしてフランを寝かしつけようとしていた。瀬名が想像していたように、ベッドに寝かせて放っておくのではなく――。

「アーサーさん、これはいったい……」

「シェナ！」

だが、瀬名が真相を確かめるより早く、瀬名に気づいたフランが抱っこをせがむ。アーサーは、今度はあっさりと瀬名にフランを託した。

「フラン……！」

名前を呼び合い、瀬名はフランをぎゅっと抱きしめた。フランも、もう絶対に離れないといった様子で、瀬名にぎゅうっとしがみつく。

「シェナとねんねしゅるの……！」

ただ一心に瀬名を求めるフランの様子に、ドアの外では様子をうかがっていた人々の間からすすり泣きが聞こえてきた。いつもクールな女官長も、眼鏡の奥の目に涙を滲ませている。

アーサーは、苦笑まじりで呟いた。

「一生懸命、寝かしつけようとしたのです……かつて、私が抱っこすれば眠ってくださったこともあったのですが」

「今はもう、無理だな」

声がして、王宮の人々の間を歩いてくるのはジェラルドだった。アーサーが恭《うやうや》しく頭を下げ、主《あるじ》を出迎える。

「そうですね。やはり、瀬名様でないと無理なようです」

瀬名の顔を見て安心したのか、フランはもう、すやすやと寝息をたてていた。瀬名の腕の中、あどけない寝顔に残る涙のあとにそっとキスをして、ジェラルドは皆の方に向き直る。

「瀬名がここへ来てから、フランは前より元気で、健《すこ》やかに育っていると思うのだが——皆はどう思う？」

誰も、異を唱える者はいない。静けさの中、ジェラルドは瀬名の肩に手を置いて寄り添った。

「今までのやり方が悪いと言うのではない。だが、フランにはフランにあった子育ての仕方がある。私は、それを瀬名に任せたいと思っている。改めて、私の片腕として」

「すみません。僕も……僕もこの国のやり方をもっと学んで行こうと思います。そうして、フランにどうしてあげることが一番いいのかをもう一度、考えます」

遠慮して言えなかったこと、臆《おく》してしまって自己主張できなかったのは自分のせいだ。

ジェラルドの手の温かさが、瀬名に力をくれた。

賛同の拍手がさざ波のように広がる。その中を、瀬名は「ちゃんと寝かせてきますね」と皆に向かって頭を下げた。

静かに子ども部屋のドアが閉められる。その場に残ったのは、瀬名と、眠るフランと、そしてジェラルドだった。

ジェラルドが見守る中、瀬名はフランをそっとシーツの上に下ろした。身じろいだ身体をトントンと叩き、寝息を確かめて、ブランケットと羽布団《はねぶとん》をそっと被せる。

「息子の寝顔ほど、癒されるものはないな……」

「はい」

ジェラルドと並んでフランの寝顔を眺めていたら、あとからあとから涙があふれてきた。

その情景が、まるで家族のようで――。

うすい背を抱かれ、そっと引き寄せられる。

「殿下……」

「やっぱりジェラルドと呼んではくれないのか？」

大人のわがままに困ったように俯くと、ジェラルドも困ったように微笑む。そして、瀬名の手を取ってくちづけた。

「これからも、フランのことをよろしく頼む」

「はい。ジェラルド殿下」

やっぱり今までのようには呼べなくて、そのことが瀬名の幸せな気持ちに、少しのかげりを落としていた。

4

「瀬名様、フラン様のお洋服を入れ替えさせていただきたいのですが」

女官長に呼びかけられ、瀬名は「お願いします」と答えた。

「すみません。衣替《ころもが》えのタイミングとか、僕ではよくわからなくて……」

「そういうことは私どもにお任せくだされればよろしいのですよ」

女官長は親しみを込めた笑顔で言う。彼女だけでなく王宮の皆が、瀬名のことをフランのベビーシッター、そして教育係として真に受け入れてくれるようになっていた。

フランのことは瀬名への相談なしに成されないし、瀬名もまた、少しずつラプフェルの子育て方針との折り合いを学んでいる。瀬名がこの国へ来て二カ月――そろそろ初夏を迎える日本と違い、北国のラプフェルは、ようやく温かくなってきたところだ。

「お洋服の入れ替えが済んだら、フラン様のおやつと瀬名様の紅茶をお持ちしますね」

「ありがとうございます」

「ありあとね」

フランも瀬名にならい、ぴょこんと頭を下げる。女官長は、それだけでもうメロメロだ。

ゆくゆくはこの国を継ぐ立場として、とにかく挨拶や感謝の言葉がきちんと言える子に育てたい――。

ジェラルドと瀬名の方針は同じだった。自分の方が身分が上であったとしても、してもらったことには「ありがとう」を忘れないように。

子どもは周囲の大人を見て生き方を学ぶ。だから、瀬名もいつも襟元を正して生活している。

そして、もうすぐこの王宮で外交関係のレセプションがある。隣国の女王陛下――フランの祖母がやってくるのだ。フランにとっては初めての公式なパーティーで、今はごあいさつやマナーの練習中といったところだ。

女王陛下は、早逝《そうせい》した愛娘《まなむすめ》の忘れ形見であるフランの養育権を強く求めているのだとジェラルドから聞いていた。その方法が、少々荒っぽいことも……だから、瀬名はレセプションのことを考えると、気が重いのだ。

だが、フランの社交界デビューなのだ。立派にデビューを成し遂げねばならない。だから教育係として、気が進まないなどとは言っていられない。

「はい。じゃあ次は、僕をお祖母様だと思ってもう一回やってみようね」

フランは真面目な顔でうなずいて、ちっちゃな両手を揃えて、きちんとお辞儀《じぎ》をした。

「おばあしゃま、ごきげん、いかがでしゅか？　フランシシュでしゅ」

難しい言葉を、たどたどしくも一生懸命に口にする。

孫のこんな可愛い姿を見たら、きっと女王陛下でなくても、さらって帰りたくなるに違いない……健気《けなげ》なフランを誇らしく思いながらも、懸念が募る。

「とっても上手だよ。今度ダディにも見てもらおうね」

「みてもらう！」

「じゃあ、今日はこれでおしまいにしようか」

得意げに見上げる頭を撫でると、フランはぱっと目を輝かせた。

「おしまい？　あしょんでいいの？」

途端に、いつもの元気なフランに戻って、庭のブランコへと飛んで行ってしまう。

（やっぱり、フランなりに気を張ってるんだな）

その様子を目を細めて見守りながら、フランのためにオーダーされる、レセプション当日の洋服サンプルに目を通す。

（すごいなあ……）

どれもこれも、有名デザイナーの手によるものだ。デザインだけでなく、素材や着心地にもこだわった一流品ばかりだった。

「あ、これいいかも……」

瀬名が目を留めたのは、ブラウンツイードのジャケットに白いシャツ、揃いの半ズボンを合わせたものだった。ジャケットの胸のエンブレムが王冠を戴いたテディベアで、子どもらしくて可愛い上に、とっても上品だ。

フランが身に着けた姿を想像すると、思わず頬が緩む。だが次の瞬間には、可愛ければ可愛いほど……と、また懸念が頭をもたげてしまう。

（とにかく、無事にレセプションが済みますように）

瀬名は、そう願わずにいられなかった。

そしてレセプションの当日――。

支度を済ませたフランを、アーサーを従えたジェラルドが迎えにきた。

金髪を固めに撫でつけ、金糸で縁どられた白い衣裳を身に着けている。胸には、燦然《さんぜん》と勲章《くんしょう》が輝いていた。姻戚《いんせき》関係にあるとはいえ、隣国の女王陛下をお迎えするための正装だ。

（本当に、この人は王子様なんだ……）

気品あふれる姿に、思わず見惚れてしまう。ジェラルドは飛びついてきたフランの胸に、小さな勲章をつけた。テディベアのエンブレムの上、ラプフェル王家の正統な一員である証《あかし》だ。

「立派に仕上げてくれてありがとう」

ジェラルドに労われ、思わず頬が紅潮する。輝かしい親子を、どんな目で見たらいいのかわからなくて、目を伏せがちに彼らを送り出した。

「では、私たちも行きましょうか」

アーサーにいざなわれ、控えの間に移動する。レセプションに出席するのは言うまでもなくホストとゲスト、そして選ばれたSPのみだ。王子の側近のアーサーも、フランの教育係の瀬名も、今夜は控《ひか》えの間で待機《たいき》する。

控えの間にはモニターがあって、レセプションの様子を見ることができるようになっていた。液晶越しに、きらびやかな会場の様子が伝わってくる。

そこは、瀬名の全く知らない世界だった。ジェラルドたちと接するようになって大分慣れたつもりでいたけれど、まさにこれが上流社会なんだと、まだまだ認識不足を認めずにはいられない。

ドレスアップした紳士淑女の笑いさざめく様子、まさに晩餐会《ばんさんかい》という名がふさわしい長いテーブルの諸所《しょしょ》には、アンティークな燭台《しょくだい》に灯《とも》されたろうそくの火が幻想的に揺れている。テーブルに咲き誇る真紅の薔薇と、山海《さんかい》の恵みをふんだんに使った、素晴らしい料理の数々。氷のオブジェとカルテットが奏でる音楽が、この場を彩っている。

このレセプションに、国民の税金は使われていないのだとアーサーから聞いた。つまり、全てが油田の利益を主とした、王家の私財から捻出されているのだと。

ちょうど、モニターはフランが女王陛下にご挨拶する場面を映し出していた。ハラハラしながら見守っていると、アーサーが少し呆れたように笑った。

「あなたがそんなに緊張することはないでしょう」

「それはそうですけど、でも……」

女王陛下は、銀髪の美しいご婦人だった。厳しい顔立ちが、フランのご挨拶を受けてとろけるように甘くなる。

(この方が、フランのお祖母様……ジェラルド殿下の奥様だった方の母上なんだ)

考えないようにしよう、と思っても、どうしても思考がそこへ行ってしまう。

「フランのお母様……アメリア妃は、女王陛下に似ていらしたのでしょうか」

瀬名が訊ねると、アーサーは「気になるのですか?」と返してきた。

「ええ、それはまあ……」

「それは、フラン様の母上として? それとも、ジェラルド殿下の亡き妻として?」

「なっ……フランのお母様だからに決まってるじゃないですか」

あまりにも唐突に訊かれたので、思いっきり正面から反論してしまった。慌てる瀬名に、アーサーは意味ありげに笑う。

「似ているかと聞かれれば、そうでもありませんね。妃殿下は、もっと線の細い方でした」

「そうですか……」

「ジェラルド殿下が今のフラン様の頃から、結婚相手として決められていたのです。殿下にとっては、最後まで妹のような存在でした」

「最後まで?」

「ええ」

それはどういうことなのか、もっと詳しく聞きたかった。だが、アーサーは淡々と話を結ぶ。

「これ以上は、私が語れることではありません。直接、殿下にお聞きになってください」

(聞きたいけど……そんなこと聞けないよ……)

モニターは、ジェラルドと女王陛下が親しげに話し込んでいる様子を映し出していた。義理の母と息子になるのだから、話すことはそれなりにたくさんあるだろう。だが、その親密な様子に心がざわつく。

「フランを連れて帰ったりしませんよね？」

同意を求めると、アーサーは苦虫を噛み潰したような顔をした。

「公式の場でそんなことをするほど馬鹿ではないはずです。だが、あの女王が、このままおとなしく国に帰るとは思えない」

「えっ？」

その辛辣《しんらつ》な口調と穏やかでない話の内容に驚きの声を上げた時、モニターに、一人の令嬢が映し出された。あでやかなカクテルドレスをまとった美しい女性が、女王陛下にいざなわれてジェラルドに向かい、優雅にお辞儀をしている。

「ほら見ろ」

アーサーの棘のある口調に促されなくても、瀬名はモニターから目が離せなかった。

ジェラルドは、白くてたおやかな手の甲にキスを落とす。そして、そのまま彼女の手を取った。

（いやだ……！）

それは、女性をエスコートするための作法だ。ダンスのお相手をするのも、一国の王子ともなれば当然の務めだ。だが、瀬名は心穏やかでいられなかった。

しかも、ジェラルドに引き合わされる女性は、一人ではなかった。

嫣然《えんぜん》と微笑みながら、女王陛下は数人の令嬢を紹介する。その度にジェラルドは完璧に彼女たちの相手を務め、極上の笑顔を絶やさなかった。

（もう、見ていられないよ……）

『世の女性たちにとっては、彼の再婚話も気になるところだ』――ネットで読んだ記事が、現実味を帯びて心の中を過って行き、瀬名はモニターから顔を背けた。

ウトウトしているフランを抱いて、ジェラルドが控えの間に入ってきたのは、それから三十分ほどあとだった。さっきまでの笑顔は何だったのかと思えるほど、険《けわ》しい顔つきをしている。

「そろそろ我慢も限界ですね」

含みのあるアーサーの言葉に、ジェラルドはらしくなく毒づいた。

「まったく、何が外交訪問だ。要は、女王陛下が連れてきた花嫁候補のお披露目《ひろめ》ツアーじゃないか」

「やられましたね。公式の場とあっては、あなたは逃げも隠れもできない。フランシス王子には母親が必要だとか何とか言われたのではないですか？」

「その通りだ。私の再婚に一枚噛んで、フランに対する発言力を高めようという筋書きだろう」

「あの……僕、フランを寝かせてきますね」

二人の話は気になったけれど、自分はベビーシッターであり、教育係だ。首を突っ込んでいい話じゃないと、瀬名はすっかり眠っているフランを抱っこしてその場を離れた。

だが、廊下を歩いていたらジェラルドが追いかけてきた。ぐっと肩を掴まれ、驚いて振り返る。

「会場に戻られなくていいのですか？」

「すぐに戻るよ……だが、どうしてもこれだけは言いたくて。今日のフランはとっても立派だったよ。君のおかげだ。ありがとう」

微笑んだその顔が、今日はとても遠く感じた。

令嬢たちとの残像が、目に焼き付いて消えてくれない。労《ねぎら》われて嬉しいのに、どんな顔をして笑ったらいいのかわからない。

「今度、旅行に行こう。何とかまとまった休暇が取れそうなんだ。誰にも邪魔させない。私と、フランと、そして君の三人だけで」

瀬名の髪をくしゃっとかき混ぜ、眠るフランの額に慌ただしくキスをして、ジェラルドは踵を返した。

（殿下……）

三人で旅行しようと言われて、やっぱり嬉しいと思ってしまう。本来、そこにいていいのは僕じゃないとわかっていても。

＊　＊　＊

車の中に、フランのはしゃいだ歌声が弾けている。ジェラルドの運転するスポーツセダンは、ラプフェル王家の夏の離宮へと向かっていた。

入り組んだ海岸線を、ジェラルドは軽快にハンドルをさばいた。この国にも、氷河に侵食されたフィヨルドがあって、車窓からの眺めは素晴らしかった。短い夏を謳歌《おうか》するかのように、碧い海も空も、そして大地の緑も鮮やかだ。

ジェラルドが死守した休暇は二週間だった。

日本では当たり前のように過ごしていた三人の時間も、ラプフェルへ来てからはなかなか叶うものではない。フランに負けないくらいに瀬名も嬉しいのだが、ジェラルドとの距離の近さに、改めて戸惑いも感じてしまう。旅先での開放感も手伝って、フランがいてくれなかったら、ジェラルドへの恋心をあふれさせてしまったかもしれない。

紆余曲折《うよきょくせつ》を経て、王宮の人たちも、今は瀬名のことをフランになくてはならない存在として認めてくれている。だから、王子がベビーシッターを休暇に伴っても何の不自然もないのだが、アーサーには意味深な言葉で送り出されてしまった。

「まるで、ハネムーンですね」

「はねむーん？」

真っ赤に頬を染めた瀬名の傍らで、フランが無邪気に繰り返す。

「はねむーん、なーに？」

フランは最近、『なになに期』に入っていて、何でも「なーに？」と答えを求めてくる。

「甘い甘いスイーツみたいな旅行のことだよ」

ジェラルドの答えにも何て反応すればいいか困ったが、それよりむしろ、アーサーの意味ありげな視線をどうかわせばいいのか。

（絶対に、僕の反応見て楽しんでるよね……）

憤慨《ふんがい》しながらも、瀬名はアーサーにジェラルドへの恋心を見抜かれていることを認めざるを得ない。だが、王子への身分違いの恋を、そして、同性への禁忌《きんき》な思いも、アーサーは諫《いさ》めるでも否定するでもない。むしろ、見守られているような気さえするのだ。

道中、ジェラルドはこれから滞在する離宮のことをいろいろ話してくれた。

子どもの頃から、毎年夏になるとここで過ごしていた。水遊びや魚釣りのできる海辺が近く、広い庭で乗馬をしたり自転車に乗ったり、裏手の山を探検したり、毎日暗くなるまで外で遊んだ。離宮での食事は素朴ながら美味しくて、ついつい食べ過ぎてしまうこと、農場で飼っていたボーダー・コリーを可愛がっていたこと等々――目の前に、やんちゃなジェラルド少年の姿が見えるようだった。

「王宮では何かと制限されることも多かったけれど、ここは自由でのんびりしていて、私はここが大好きだった。大人になってからも、一人になりたい時は、時間を作ってここで何もせず過ごしたりしていたよ。そういう意味で、ここは私のもう一つのホームなんだ」

そんな、ジェラルドの大切な場所に連れてきてもらえて嬉しい。三人で過ごせるこの二週間を、思い切り楽しもうと瀬名は思った。

実際に、それは素晴らしい休暇になった。

夏とはいっても日本のように蒸し暑さはなくて快適で、毎日のように水遊びやピクニックに出かけた。釣って来た魚でバーベキューをしたり、時にはフランも交《まじ》えてお菓子を作ったりすることもあった。

ジェラルドの話にあった農場の番犬は、その息子犬、そのまた息子犬があとをつぎ、子犬もたくさん生まれていた。農場は他にも、ひよこや仔牛《こうし》がベビーラッシュで、可愛い動物に囲まれてフランは大喜びだった。

一方、ジェラルドは改めてフランの成長ぶりに驚いてばかりいた。語彙《ごい》が増え、二語文が三語文になっておしゃべりが上手になり、自分でボタンをはめたりはずしたり、他にも以前はできなかったことが、たくさんできるようになっている。その一つひとつに感激し、「瀬名のおかげだよ」と喜ぶ。

これといって特別なことをして過ごしたわけではなかったが、却って、王宮では得《え》がたいひと時だった。

何よりも、王子ではなく、父親としてのジェラルドが側にいて、三人の時間がゆったりと流れていく。普通こそが幸せなのだと、教えられるような毎日だった。

「――瀬名？」

フランを寝かしつけたジェラルドが、瀬名を探しに図書室に入ってきた。

古い絵本に夢中で見入っていた瀬名は、声をかけられ、はっと我に返る。

「絵本が終わるのと同時に寝ちゃったよ」

「ありがとうございます。……あの、ここの絵本、持ち出しても構いませんか？」

瀬名が抱えている絵本たちに、ジェラルドは優しい目を向ける。

「懐かしいな……ああ、もちろん構わないよ」

絵本を抱え、いそいそとリビングに移動する。ここからは二人で大人の時間だ。酒を楽しんだり、コーヒーを淹《い》れてゆっくりと夜を過ごす。

離宮の図書室には、王宮では見かけない古い絵本がたくさん残っていた。主にこの国の神話や昔話を採録《さいろく》したもので、もちろん、日本では未発表のものばかりだ。ページを繰る手が、なかなか止まらなかった。

「そういえば、君の夢は絵本の出版に携わることだったな」

はい、と瀬名は大切な宝物のように、手にしていた絵本をそっと閉じた。

「いつかまた、チャレンジしてみたいと思っています」

いつか――それはいつのことなのか。例えばフランが大きくなって手を離れたら？　そうしたら、自分はここにいる意味がなくなる。

突然、いつまでもこのままではいられないのだと思ってしまった。だが、その時が来たら、ラプフェルで出会った絵本や児童書を日本に広められる仕事ができるといい。

そう思うと、寂しさの中に希望を見いだせたような気がした。

「ラプフェルの絵本を、何冊か自分で日本語に翻訳してみたんです。挿絵も、できればそのまま使えるといいなと思って」

「その時には、できるだけの支援をするよ」

「本当に？」

「ああ」

涼やかな藍色の目が微笑む。だが、次の瞬間には熱をもった視線に変わり、瀬名を戸惑わせた。

「明後日で休暇も終わりだ。王宮に戻る前に、君に聞いてもらいたいことがある」

「僕に……？」

「三人で過ごす時間が楽しくて、先延ばしにしていたんだ。アーサーにも言われたが、私はどうしても、君のことになると臆病になるらしい」

ジェラルドは苦笑する。そして、一つ息をついて言葉を続けた。

「フランの母親……私の妻だった女性のことだ。君に知っていてほしいと思うのは私のわがままなのだが――聞いてくれるか？」

「はい。知りたいです。フランのお母さんのこと……」

本当は、その人がジェラルドの愛したひとなのだと思ったら、聞くのが怖い気持ちもあった。でも、知らないよりは知っていた方がいいと思った。ただ、どうしてジェラルドが自分に話そうとするのか、それを確かめることはできなかったけれど。

「彼女は……アメリアは私の五歳年下で、彼女が生まれた時に、私たちの結婚が決められたんだ。日本人の君からすれば時代錯誤《さくご》だと思うだろうけれど、当時のラプフェル王家には古い因習《いんしゅう》がいくつも残っていて、王家に生まれた者が自由に恋愛して結婚することなど考えられなかった。乳母制度もその一つだ」

近代化を目指すジェラルドは、格式を重んじる厳格な実父と衝突することがしばしばで、アメリア妃に続いて父が亡くなってからもすぐに国王に即位せず、父の弟に王位を譲った。比較的自由でいられる王子のうちに、古い因習を変えていこうと思ったのだ。北欧の先進国にならって福祉と教育に力を入れ、油田の開発にも力を入れた。新しい風を入れるためには、国そのものを若返らせる必要があったのだと言う。

「だが、私は、アメリアとの結婚には抵抗を感じていなかった。彼女のことは幼い頃から知っていて、優しくて思慮深い女性だったし、恋愛感情こそないけれど、結婚してもうまくやって行けるだろうと思っていた。世継ぎを授《さず》かって、いずれ二人で王家を継ぐのだろうと。だが、それは全て私の勝手な思い込みだった」

ジェラルドは、ふっと自嘲的に息をついた。

「アメリアは、私に女として愛されていないことを知っていた。その上で、私に愛されることを深く望んでいたんだ。だが、私は最後まで彼女のその思いに気づくことができなかった」

最後まで——確か、アーサーもそう言った。それはつまり——。

「そんな私に応えて、彼女はフランを身ごもった。だが、病気が見つかって今回の出産は諦めるように言われて……だが、彼女はどうしても産むと言ってきかなかった。そうして、命がけでフランを産んで——そして、フランの誕生日を待たずに亡くなった。まだ二十二歳だった」

「……っ——」

瀬名の目に涙があふれた。愛されたかったアメリア妃の心がわかりすぎて、そして、赤ちゃんのフランを置いていかねばならなかった彼女の心を思うと……。

「フランの母親になれて幸せでしたと彼女は最後にそう言ったよ。子どもの頃からずっと、あなたが好きでした、と……。それで、やっと私は彼女の心に気がついたんだ。ひどい男だろう？」

「いいえ」

瀬名はたまらなくなってジェラルドの告白を遮《さえぎ》った。

「そんなふうに、ご自分を責めないでください。僕がこんなことを言っていい立場じゃないですけど、そういう意味で……アメリアさんのことを思っていなかったとしても……でも、大事な方だったんでしょう？　だからお二人の結晶としてフランが生まれたんじゃないでしょうか」

だが、ジェラルドは頑《かたく》なに首を振る。

「アメリアを愛さないまま死なせてしまったことを悔《く》いて、私は一生、フランのために生きていこうと、自分の手元でフランを育てようと決めた。もう誰とも結婚しない、誰とも恋愛しないんだと決めたんだ」

もう、誰とも恋愛しない。その言葉が瀬名の胸深くに突き刺さる。

釘を刺されたのだと思った。彼に恋していることを悟られて、私を愛しても無駄だと遠まわしに言われたのだと。

言葉を失って立ち尽くす瀬名の両肩に、ジェラルドの手が置かれた。痛いほどに掴まれ、苦しげな唇が次の言葉を発しようとする。

「それなのに、私は――」

その時、隣り合った寝室のドアが静かに開いたかと思うと、パジャマ姿のフランがしくしく泣きながら歩いて来た。

「シェナ……ダディ……」

「フランどうしたの？」

ジェラルドの手から逃れ、瀬名はフランに走り寄った。抱き上げて、濡れた目を拭ってやる。

怖い夢でも見たのだろうか。フランはそのまま、瀬名にしがみついてきた。最近は、夜中に泣いて起きることなどほとんどなかったのに。

「ごめんね。寂しかったんだね」

ぎゅっと抱きしめ、金色の頭越しにジェラルドに呼びかける。

「フランを寝かせてきますね。今夜はこのまま一緒に寝ます……話してくださってありがとうございました。おやすみなさい」

ジェラルドの顔を見ないようにして逃げるようにその場を去り、フランのベッドに一緒に潜り込んだ。瀬名の体温を感じて安心したのか、フランはもう、規則正しい寝息をたてている。

ジェラルドの面差しを映す寝顔を見ていたら、せつなさが込み上げてきた。

叶わない恋だとわかってはいても、誰とも恋愛しないと告げられたことは辛かった。ジェラルドがますます遠い人になってしまったようで——彼は何か言おうとしていたけれど、これ以上聞きたくないと思った。

夜が明け、休暇の最終日は、荷造りで慌ただしく過ぎて行った。互いに、中途半端な胸のつかえを抱えたまま、王宮への帰途につく。

だが、休暇はこれだけでは終わらなかった。

＊　＊　＊

「パパラッチ？」

「ええ。見事にやられましたね」

アーサーが、瀬名の目の前にけばけばしいゴシップ誌を広げる。テーブルの向かいでは、長い脚を組んで座ったジェラルドが、眉根を寄せて紙面を眺めていた。

そこには、『王子の恋人はベビーシッター？　可憐なアジアンビューティに親子で夢中！』の煽《あお》り文句と共に、ジェラルドと、フランを抱っこした瀬名の写真が大きく掲載されていた。

先日の休暇中、海辺にピクニックに出かけた時のものだ。不本意ながら、親密な雰囲気がよく撮れている。旅先で無防備だったとはいえ、僕はジェラルドにこんな甘い表情で笑いかけているのかと、恥ずかしくなったくらいだった。

「瀬名様がフラン様のベビーシッターであることは突き止めているようですが、どうやら女性だと勘違いしているようですね」

この国の人々に比べれば、日本人は小柄だ。ただでさえ華奢なつくりの瀬名が、遠目で女性に見えても無理はない。だが、幸せなひと時を切り取った写真がそんなふうに晒《さら》されている現実が、瀬名にはショックだった。

パパラッチ……庶民の瀬名には全く縁のない存在だけれど、ジェラルドやフランにとってはそうではないのだ。有名人としての彼らのプライバシーを売り物にしようと手ぐすね引いている連中が大勢いるのだということを改めて思い知る。

「僕がもっと気をつけていれば……」

瀬名が悔いると、アーサーは「あなたのせいではありません」と端的《たんてき》に答えた。

「ですが、先日、女王陛下が連れてきた花嫁候補のことを思うと、少々面倒なことになりますね。恋人がいたのかと、ますます干渉してくるでしょう」

それはつまり、フランに母親をあてがって、フランから父親を遠ざけようとする動きが、より顕著になるということだ。だが、ジェラルドは不機嫌そうに答えた。

「ゴシップなど、放っておけばいい」

「ですが、これは考えようによってはチャンスかもしれません」

「チャンスだと？　瀬名を巻き込んでおいて、何がチャンスだ」

「だから、パパラッチの勘違いを逆手《さかて》に取るのです。つまり、瀬名様にこのまま王子の恋人のふりをしていただく」

「えっ？」

「バカなことを言うな」

アーサーの提案に、ジェラルドは眉間を険しくした。

「瀬名にそんなことをさせられるか」

「架空《かくう》の恋人を作り上げることによって、王子にはもう決まった相手がいるのだと先手を打つのです。周囲は躍起《やっき》になって彼女のことを探るでしょう。けれど、架空だから尻尾は捕まえられない。女王陛下も、パパラッチも躍《おど》らせておけばいいのです。そのためには、公式の場で一芝居打つ必要はありますが」

「芝居って……」

瀬名が問うと、アーサーは至極《しごく》当然のように答えた。

「瀬名様には、女性になりきっていただかなくてはなりません。もちろん、瀬名様がよろしければですが」

「やります」

ジェラルドの反論より早く、瀬名は即答していた。

突飛な作戦だが、周囲の目をかく乱するためには、効果的なのではないかと思えた。何よりも、それでフランとジェラルドを守れるのならば、女装だって何だってかまわない。

(だって、フランを奪われてしまったら、この人はきっと生きていけない)

「ダメだ。君にそんなことまでさせられない」

ジェラルドは言い募るが、瀬名は食い下がった。

「やらせてください。フランとあなたのために、僕にできることは何でもしたいんです」

潤んだ目で見上げると、ジェラルドの顔に困惑の表情が浮かんだ。その表情を、敏《さと》いアーサーは見逃さない。

「瀬名様のお気持ちを無下《むげ》になさるのですか？　あなた方を守るために女性のふりをすることも厭《いと》わないという、瀬名様の忠誠心を」

さすがは策士だと感心せざるを得ない。臣下の忠誠心だと言えば、王子たる者は抗うことはできない。

「では近々、詳細な打ち合わせをいたしましょう。案は練っておきます。瀬名様のプロフィールについては、王宮の者にも緘口令《かんこうれい》を敷いておきますので」

アーサーの言葉を聞いて瀬名が部屋を辞したあと、ジェラルドは乳兄弟《ちきょうだい》の側近に、じろりと疑惑の目を向けた。

「よくも、私の弱みを二重でついてくれたな」

「二重？　何がです？」

全く、この男は参謀《さんぼう》向きだ。食えない表情で、涼やかに主君《しゅくん》に微笑みかける。

「言っておくが、私は瀬名を女性の代わりとして側におきたいわけではない」

「承知しておりますよ。瀬名様にあんな瞳で見つめられて、あなたが平静でいられるわけがないことも」

やはり、全て見抜かれていた。瀬名を巻き込むべきではない。だが、『恋人』というキーワードに心が揺れたのも事実なのだ。

「おそらく、それは瀬名様も同じでしょう」

「だから、利害の一致を共に楽しめばよいと？」

負け惜しみのために、ジェラルドの口調は皮肉めいたものになる。

「楽しむかどうかは、あなたがた次第です。それで作戦の効果が得られれば尚のこと」

「……まったく、おまえが敵でなくてよかったと心から思うよ」

「お褒めにあずかり光栄です」

アーサーも部屋を出て一人になると、ジェラルドは天井を仰いでため息をついた。

――それなのに私は――。

その続きを、結局瀬名に告げられてはいない。

「私はこんなに臆病な男だったのか？」

ひとりごとは、誰もいない部屋の空気に溶けていった。


エックスデーは、ラプフェルに滞在する大使たちを招いてのレセプションの日に決まった。大規模なものではないが、年に一度開催される、れっきとした公式の集まりだ。

その日にジェラルド王子の恋人としてデビューする瀬名――フランが「シェナ」と呼んでも不自然でないように、名前はセイナに決まった――のために、アーサーの指揮の元、様々な人材が集められ、着々と準備が始まった。

ただ女装するだけではない。女性になりきらねばならないのだ。そのためにエステティシャンが肌を磨き、ドレスをオーダーするためのデザイナーとスタイリスト、メイクアップアーティストが呼ばれた。その他にも、女性らしい仕草や振る舞い、そして社交界のマナーを身に付けるためのレッスンまであった。

「腕も一流なら、秘密を守ることにかけても一流です」

アーサーの言葉に、瀬名もスタッフを信頼してエステやレッスンに挑《いど》んだ。

フランの世話をしながらなので、かなりの忙しさではあったけれど、忙しければ忙しいほど、胸にくすぶる諸々《もろもろ》を忘れていられたのはありがたかった。

だが、フランは敏感だった。瀬名が忙しくなったのを悟り、できることをできないと拗《す》ねたり、気を引こうとしてわざといたずらをしたりする。

そんな時、フランを宥めるのはジェラルドの役目だったが、ジェラルドは瀬名のレッスンに関わろうとはしなかった。

「楽しみにしているよ」と微笑まれ、瀬名はそれが恥ずかしくもあり、また不安でもあった。

やります！　と意気込んだものの、上手くいくのだろうか。もし、男であることがばれてしまったら？　今度は『ジェラルド王子の恋人は男だった！』なんて書きたてられてしまったら——。

「そうだ、声どうしよう」

いくらメイクやドレスで化けられたとしても、声だけはどうしようもない。だが、アーサーは涼しい顔だった。

「風邪で声が出ないとか、喉を傷めて喋ることを禁じられているとかで通します。ずっとそれでは不自然ですが。ジェラルド王子の恋人のセイナは、一夜だけのシンデレラなのですから」

一夜だけのシンデレラ……まさにそうだ。僕がセイナになれるのは、その数時間だけなのだから。魔法が解ければ、ベビーシッターの藤堂瀬名に戻るのだ。

くすっと笑った瀬名に、アーサーが「何か？」と訊ねる。

「上手い例えだなと思って」

「私だってシンデレラくらい知っています」

「じゃあ、アーサーさんはさしずめ魔法使いですね。僕はガラスの靴を忘れないようにしないと」

冗談を言ったつもりだったのに、アーサーは笑っていなかった。

「でも、物語のラストでは、シンデレラと王子は幸せになるのですよ。魔法の力を借りずにね」

「アーサーさん……」

「では、魔法使いはこれで失礼します。ゆっくりお休みください。お疲れさまでした」

気にかけてくれていることはわかるのだが、アーサーの独特な物言いには未だ慣れない。

(疲れたな)

ふうっとため息をつき、子ども部屋を覗いて、あどけないフランの寝顔に癒される。

「シェナ……」

「なあに？　フラン」

何の夢を見ているのだろう。寝言に答えて、ブランケットから出ていた腕を、そっと直してやる。

こんな時、ふと思うのだ。本当ならば、こうしてフランの側にいるのは、あのひとのはずだったのにと。フランが夢の中で呼ぶのは、母親の名前だったはずなのだ。そして、レセプションで王子の隣に寄り添うのも――。

彼女の幸せを奪ってしまったような気がして、心がちくちくと痛む。

だが、どんなに望んでもフランの母親にはなれないように、僕は王子の恋人にはなれない。だって僕は、偽物《にせもの》のシンデレラだから……。

（でも、愛してるんだ。フランのことも、殿下のことも）

その気持ちは、きっと世界中の誰にも負けないのに。

＊＊＊

そして、瀬名がセイナとしてお披露目される日がやってきた。

（誰……？）

鏡に映ったその姿は、自分ではなく別人だった。紛れもない黒髪のレディがそこに佇んでいる。

ふんわりとしたローズシフォンのドレスが丸みのない体系をカバーし、短かった髪はウィッグとエクステで、まったく別のスタイルに生まれ変わっていた。白い肌に重ねられたチークとルージュが表情に奥行きと華やかさを添え、濃いまつげの奥で、黒い瞳が揺れている。

「シェナ、おひめしゃま！」

子どもはお世辞を言わないという……フランの賞賛にぎこちない笑みを返したその時、ジェラルドが部屋に入ってきた。

「――――」

一瞬、ジェラルドは息を呑んだ。そのまま口をつぐみ、変身した瀬名を凝視している。

（どうしよう……やっぱり変なのかな）

黙ったままのジェラルドに瀬名が不安を覚えた時、

「いかがです？」

スタイリストの一人が、興奮気味にジェラルドに訊ねた。

「素晴らしいです……お肌も髪も、それに元々のお顔立ちがお綺麗でいらしたので、私共もやりがいがありましたけれど、正直、驚いておりますわ。こんなに素敵なレディになられるなんて」

「ああ、綺麗だ……」

見つめられ、瀬名は頬を染めた。

ドレスから出た脚が、慣れなくて恥ずかしい。シフォンのストールで覆われてはいるけれど、鎖骨が露《あら》わでいたたまれない。いつもより格段に肌の露出が多いのだ。

「ありがとうございます」

「声を出されませんようにお気をつけください」

アーサーに念を押され、黙ったままでうなずくと、ジェラルドが手を差し伸べた。

「では、行こうか。セイナ」

伸べられたジェラルドの手のひらに、パールピンクに染められた指先をそっと載せる。

「フランもおいで。今日はダディが抱っこだ」

フランを片手で抱き上げたジェラルドは、空いた手を瀬名の腰に回す。密着度の高いエスコートに、瀬名の心臓は早鐘を打った。

「大丈夫。私がエスコートするから合わせていればいい」

瀬名の緊張を和らげようとする低くて優しい声が、いつもより無防備なうなじをくすぐった。ワインレッドのヒールの足元がおぼつかなくて、かくんとつまずいてしまったのはきっとそのせいだ。だって、あんなにウォーキングも練習したのに。

「ダディ、シェナしゅてきね」

「ああ、世界一だ」

答えたジェラルドと目が合って、恥ずかしくなった瀬名は目を伏せてしまう。

「顔を上げて、セイナ」

見れば、レセプション会場は目の前だった。

そうだ。ちゃんと務めなければ。瀬名はしゃんと背筋を伸ばす。

(僕は今、ベビーシッターの藤堂瀬名じゃない。ジェラルド王子の恋人の、セイナなんだから)

目の前で、扉が両側から開かれる。まばゆい会場に一歩足を踏み入れた瞬間、周囲から感嘆のため息と、どよめきが起こったのがわかった。その中を、フランとジェラルドと共に進んでいく。恥じらいを含んだうつむき加減は、そのまま、初々《ういうい》しい緊張として周囲に伝わった。

「皆様、紹介させていただきます。私とフランシスの大切なひと――セイナです」

再び起きるどよめき――だが、今夜のレセプションには報道関係者は入れていない。出席者のプライバシー保護のために、写真撮影も一切NGとしていた。ましてや、ゴシップ誌御用達《ごようたし》のパパラッチが潜入できないように、厳重なチェックが重ねられている。全て、セイナの秘密を守るためにアーサーが指示したことだった。

「喉を傷めており、十分なご挨拶ができませんが、どうかご容赦ください。大変、恥ずかしがりやの上に、緊張もしておりますので」

ジェラルドの隣で、瀬名は楚々《そそ》としてお辞儀をした。セイナが声を発さないわけを、ゲストたちは受け入れてくれたようだった。

「では、あの方がお噂のベビーシッター？」

「可憐なアジアンビューティって本当ですのね」

噂好きのマダムたちの囁きが所々聞こえてきて、瀬名の緊張を煽る。だが、大勢の人の前で恥ずかしくなったフランが瀬名のドレスをぎゅっと掴んで隠れてしまい、その愛らしい様がゲストたちの微笑みを誘って、その場を和ませた。

それから先は、ただ夢中だった。

紹介される人々に微笑で応えながら、ジェラルドのエスコートで会場を回った。

人々を感嘆させた優雅な立ち居振る舞いは、ここ数週間のレッスンのたまものだ。時にジェラルドとまなざしを交わし合って甘い雰囲気を演出し、甘えてくるフランを抱き上げてあやしている姿には、多くの人々が目を細めた。

初々しくて清楚なジェラルド王子の恋人を、瀬名は見事に演じ切ってみせたのだ。

だから、レセプションが無事に終わった時には、心身共にへとへとだった。控え室へ入った途端に緊張が解けて、ソファに倒れ込んでしまう。

（終わった……）

特にアクシデントはなく、大きな失敗もしなかったと思うが、上手くいったのかどうか。今はただ、疲れて一ミリたりとも動きたくない心境だった。

フランには一足先に迎えが来ていて、ジェラルドはとある大使と話があるということで、この部屋には今、瀬名が一人だった。ここでジェラルドを待つことになっているのだが、眠くて眠くて、彼が戻ってくるまで目を開いていられそうにない。ソファのクッションに身体をあずけ、瀬名はウトウトとまどろんだ。

どれくらい、そうしていただろうか。

疲れすぎているためか、却って眠りは浅かった。半分だけ覚醒《かくせい》しているようなおぼろげな意識の中でドアが開く音がして、靴音が静かに近付いてきた。

（殿下……？　戻ってきた……？）

起きなきゃと思うのに、身体が動かなかった。ジェラルドが身を屈めた気配がして、ベルベットのように心地よい、低い声が聞こえた。

「今日はありがとう。本当に」

大きな手のひらが髪を撫で、頬に滑る。何度かそうされて、その心地よさに浅い眠りの中でうっとりとしてしまう。無意識下の中で、「殿下……」と呼んだ時、その声は柔らか

くて温かなものによって封じられた。

それは、ジェラルドの唇だった。しっとりと、瀬名の唇を包み込むように触れてくるくちづけ——自覚したら、瀬名の意識は眠りの海から引き戻された。

(嘘……)

だが、その甘美さに、驚いても抗うことなどできない。頬に触れながら、愛《いと》しむように重ねられる唇。優しく吸われ、瀬名は全身の力が抜けていくのを感じていた。

(ん……っ)

声を殺し、吐息を封じ込め、ジェラルドのキスを甘受《かんじゅ》する。初めてではないけれど、決して多くないその経験は、その甘やかな刺激へと全て上書きされてしまった。

長く感じたけれど、実際は一分にも満たない時間だったに違いない。ジェラルドの唇は、最後、額にそっと触れてそのまま離れていった。

ジェラルドは瀬名が眠っているのだと思っているのだろう。今更、目を開けることもできなくて、寝返りを打つふりをしてシフォンのストールに顔をうずめた。そうしないと、紅潮した頬を見つけられてしまいそうで——。

入ってきた時と同じように、ジェラルドは静かに部屋を出て行った。その気配だけを追いながら、瀬名はゆっくりと身体を起こす。

（どうして――）

さっきまでは夢中だったけれど、我に返れば急に戸惑いと疑問符が押し寄せてきた。

今まで何度か、キスされるのではないかと思った瞬間があった。されてもいい、ジェラルドとキスしたいと思っていた。だが結局、いつもそこまで至ることはなかったのだ。

それなのに、と思ってしまう。

（もしかしたら、今日の僕は女性の恰好をしていたから？　アメリア妃に重ねられた？）

それは、瀬名にとって哀しい可能性だった。男の僕にはキスできなくても、女性の僕にはできるのだと思うと……。

「瀬名様、入ってもよろしいですか？」

ややあって、ドアの向こうから呼びかけたのはアーサーだった。慌てて乱れたドレスを整え、「どうぞ」と答える。

「どうかされましたか？」

どこか落ち着かなげな表情を見て取って、アーサーが問いかける。

「顔が赤いですよ。シャンパンに酔われましたか？」

「いいえ、何でもありません。少し疲れただけで……」

「そうですね。今日は大変お疲れさまでした。見事な恋人ぶりでした」

アーサーに労《ねぎら》われ、瀬名はぎこちなく笑い返した。

「ジェラルド様はもう少し大使とお話がありますので、瀬名様は先に戻られるようにとのことです」

「わかりました。フランはどうしていますか？」

「もう、熟睡されています。瀬名様も、今日はゆっくりとお休みになってください」

自室に戻った瀬名は、ドレスを脱いでメイクを落とし、いつもの自分に戻った。鏡に映るのは、疲れ切った表情をした、血色《けつしょく》の悪い男の顔だ。先ほどまでの華やかな『セイナ』は、もうどこにもいない。

ルージュを落とした唇にそっと指を触れてみる。そこには、まだジェラルドの唇の感触が濃く残っていた。

5

十月に入ると、ラプフェル王国の木々は一気に落葉を始めた。短い夏に続いて、秋も駆け足で過ぎていくようだ。

今日は、フランの洋服を厚手のものへと入れ替えた。この冬に来ていた服はほとんど小さくなっていて、ほぼ全てをオーダーメイドで新調したのだ。

今月の末、フランは三歳になる。国民のアイドルでもあるフランの元には、ぞくぞくとプレゼントが届き始めていて、その一つひとつを確認することも瀬名の仕事だった。

「出会った頃は、まだまだ赤ちゃんみたいだったのに」

大きくなるのは嬉しいのに、心のどこかに「寂しいな」という本音も潜《ひそ》んでいる。

フランは今、室内用のすべり台で遊んでいた。ついこの前までは、瀬名と一緒でないと滑れなかったのに、いつの間にできるようになったのか、一人で大胆に上り下りしている。

こうやって、どんどん僕の手から離れて行くんだろうな。そんなことを思ってしまい、泣きそうになってしまった。

　つい感傷的になってしまうのには、わけがある。

　あの、レセプションの夜のキスのせいだ。その意味を確かめられないまま、日々は過ぎていた。

　彼がキスをしたのは『セイナ』であって、僕じゃない。

　そう思うと、寂しさで胸がいっぱいになる。それなのに甘やかな感触は消えてくれなくて、瀬名の無垢《むく》な身体をいたずらに疼かせる。そんな自分がひどく不埒に思えて、瀬名は慣れないその感覚と闘っていた。

　一方で『セイナ』の登場が功を奏したのか、ジェラルドの結婚話は静けさを見せていた。周囲の関心が、王子の再婚そのものよりも、その相手を詮索《せんさく》することに集中しているのだ。だが、アーサーの周到な根回しのおかげで、その存在はベールに包まれたままだった。

　作戦が成功したなら喜ばしいのだが、瀬名は架空の自分に嫉妬しているような、複雑な心境に陥《おちい》っている。

（諦めてたはずなのにな。いっそ思い切って日本に帰って……）

　だが、フランと別れるなんてできない。考えの堂々巡りにはまり込んで、ため息をついた時だった。

「痛っ」

指先に突き刺すような痛みを覚え、瀬名は思わず確認していたプレゼント箱の中から手を退いた
中に入っていたのは某老舗《しにせ》ブランドの高級テディベアで、タグのつけられている耳の辺りに、キラリと光るものが見えた。

（まさかそんな……）

それは、鋭い針の切っ先だった。

見た目よりも深く刺してしまったようで、指先からぽたぽたと血が落ちる。そんな瀬名の様子に異常を感じたのか、フランが不思議そうな顔で寄ってくる。

「シェナ？」

「フラン、来ちゃだめ！」

慌ててフランを制した。「ちょっと待っててね」と声をかけてから、ばたばたとその場を片付け、隠れて応急処置をした。

「お待たせ。ごめんねフラン。お昼ごはん食べようか」

待たせていたフランの元に戻ると、彼は青い目を心配そうに曇らせて瀬名を見上げた。

「シェナ、いたいの？」

「ううん、大丈夫だよ」

「フラン、とんでけしてあげる」

そう言って、絆創膏《ばんそうこう》を巻いた指先に自分のぷっくりとした手を重ねる。

「いたいのいたいの、とんでけ！」

以前に、フランが転んだ時にしてあげたのを覚えていたらしい。一生懸命なその様子に、瀬名の目には幸せな涙が滲んだ。

「ありがとね。もう大丈夫……大好きだよ、フラン」

そう言って温かな身体をぎゅっと抱きしめると、また涙が込み上げてきた。

（怪我をしたのがフランでなくて本当によかった……）

だが、フランにお昼ごはんを食べさせて昼寝をさせている間も、指先はシクシクと痛み続けていた。

（どうして針なんか……）

不穏な予感に胸を締めつけられながら、もう一度プレゼントの箱を確かめてみて、瀬名は愕然とした。

針先は、箱からテディベアを取り出そうとする時に、ちょうど指先が触れる辺りに潜んでいた。このベアは、完全受注生産でシリアルナンバー付きのワンオフだ。加えて、某王室の御用達品でもある。誤って混入することはあり得ない。つまり、何者かが巧妙に仕込んだとしか……。

嫌な感じで鳴り続ける胸の鼓動を押さえ、瀬名はさらにベアの検分を続けた。

さっきは気がつかなかったが、ベアの腕に二つ折りのカードが挟まれていた。おそるおそる開くと、血のような赤いインクで書きなぐられた文字が、瀬名の目に飛び込んできた。

――今すぐこの国を出て行け。出て行かないなら、次はフランの番だ――。

それは、王子の恋人に向けられた憎悪だった。

フランへのプレゼントに最初に手を触れるのは、ベビーシッター、すなわちジェラルド王子の恋人であることを想定した、あからさまな脅《おど》しだ。

フランの引き渡しを強く望む者たちの牽制《けんせい》なのか、それとも、ジェラルドを慕う女性からの嫉妬にかられた嫌がらせなのか。

（僕の存在がフランを守るどころか、危険な状態に晒しているんだ……）

瀬名は、身体がすうっと冷えていくような感覚を覚えた。自分に矛先《ほこさき》が向くことは構わない。そんなことは、恋人役を引き受けた時から承知していた。

だが、もし、自分のせいでフランに何かあったら――その可能性を、まざまざと突きつけられてしまったのだ。

フランの元に戻り、部屋の鍵をしっかりとかけた。すやすやと眠る枕元に寄り添い、あどけない寝顔を見守る。

その先は、怖くて具体的に考えることができなかった。ジェラルドもアーサーも、昨日から不在だ。他の者にはどうしても言えなくて、瀬名は一人、恐怖と焦燥《しょうそう》と闘い続けるしかなかった。


「指を怪我したのか？」

翌日、朝食の席で絆創膏を巻いた指先をジェラルドに見咎められ、瀬名は思わず、指先を隠すように両手を握り込んだ。

「大丈夫です。ちょっとうっかりして……」

「シェナ、いたいいたいしたの。ちがいっぱいでたの」

咄嗟にごまかそうとしたが、フランが神妙な顔をしてジェラルドに訴えてしまう。

えっ？　という顔で、ジェラルドは瀬名に向き直った。

「見せてごらん」

「本当に大丈夫ですから。大したことないんです。それよりも、コーヒーのお代わりいかがですか？」

「見せて」

ジェラルドは強引とも言える力で、瀬名の手を取った。指を開かせ、絆創膏を剥《は》がして傷口を確かめる。血は既に止まっていたが、傷口には尚も痛みが残っていた。

「腫《は》れているじゃないか。何で傷つけたの？　手当はしたのか？」

ジェラルドは心配そうに訊ねてくる。気にかけてもらえるのは嬉しかったが、事が事だけに、瀬名の口調は少々ぎこちなくなった。

「バラの棘を取ろうとしたら刺してしまって……すぐに手当てしました」

ちがうよ、と言いたげに、フランがジェラルドの袖を引っ張る。

「くまさんで、ちがでたの」

「くま？」

ジェラルドが聞き返すと、フランはとても真面目な顔で答えた。

「くまさん、はここにはいってたの」

フランへのプレゼントに針が仕込まれていたことは報告するつもりだったが、自分が怪我をしたことは黙っていようと思っていた。だが、もはや言い逃れすることはできそうもない。ジェラルドは厳しい視線を向けてきた。

「何があったんだ？」

「……」

フランの前で話せることではなかった。瀬名が黙っていると、何かを察したのか、ジェラルドは瀬名の肩を軽く叩いた。

「では、あとでゆっくり聞こう。今夜、フランが寝たら私の部屋へ来てくれ」

「はい」

まだ何か言いたげな目をしたまま、ジェラルドは瀬名の肩から手を放す。一瞬、視線が合って、逸《そ》らしたのは瀬名の方だった。ジェラルドは心なしか寂しげに微笑んで、フランに「行ってきます」のキスをする。

「ダディ、いってらっしゃーい」

「いい子にしてるんだぞ」

二人のやり取りを、瀬名は落ち着かない気持ちのままで見守った。

その一日、瀬名は考え続けていた。

どうすればいいのか。自分は、どうしなければいけないのか。

ジェラルドやアーサーに言えば、フランと瀬名自身に対しての警護を強めるだろう。だが、問題はそういうことではないと思えた。

フランを守るべき存在であるはずの自分が、フランに危険を招くという事実。自分がフランのベビーシッターである以上、その事実は変わらないのだ。

「シェナ」

積木で遊んでいたフランが、瀬名の膝によじ登ってくる。瀬名が思い悩み、重い気持ちでいることがわかるのか、「どうしたの？」という目で、じっと見上げてくる。

初めて出会った時に、空を写しとったようだと思った青い瞳だ。ジェラルドの瞳はもっと濃い藍色だけれど、自分にはないその神秘的な美しさに魅入られて、こんなに遠い所まで来たのだ。

でも、もう――。

女性の姿でキスされたことで、答えははっきりと出ていたはずだ。身分違いである前に、この思いが報《むく》われることは絶対にないんだと。

それでもフランのために生きて行こうと思っていたけれど、それももう、自分には許されないことなのだと知った。

「いたいのいたいの、とんでけー」

傷ついた指先に触れて、フランが唱える。傷が痛くて元気がないと思ったのだろう。何度も何度も、一生懸命に瀬名から苦痛を取り除こうとする。

「ありがとう……もう大丈夫。大丈夫だよ……」

君を守るためなら、何だってできる。それがたとえ、僕が一生、君に会えなくなることであったとしても。

フランはきっと寂しがるだろう。そのことを思うと心が竦《すく》む。だがきっと、殿下が深く深く愛してくれるから――。

心に一つの思いを決め、瀬名はジェラルドの部屋のドアをノックした。

「どうぞ」

中から低い声がして、瀬名がドアを開けると、ジェラルドは物憂《ものう》げにスコッチウィスキーのグラスを傾けていた。

身体をあずけるように椅子に深くかけ、微かに眉根を寄せた顔で、前髪を無造作にかき上げる。その艶めいた様子は、今まで見たことのないジェラルドの顔だった。

そういえば、この王宮に来てから、瀬名がジェラルドの部屋を訪ねるのはこれが初めてだ。だから、そんなふうに感じたのかもしれない。

（でも、これが最初で最後になるんだ）

彼の前に進み出ると、グラスが差し出された。

「君もどう？」

「いいえ」

「そう」

短いやり取りに、ジェラルドを包む空気がピンと張りつめているのを感じた。

彼自身も、やはりいつもとオーラが違う。ただ艶っぽく感じられるだけでなく――苦悶《くもん》しているような、怒っているような。

そして瀬名もまた、心に抱えているものがあるから、空気はますます強張っていく。

その雰囲気のままに、話の口火《くちび》を切ったのはジェラルドだった。

「それでは、何があったのかを話してもらおうか」

ジェラルドの視線が、瀬名の指先に注がれる。

「フランに届いたプレゼントの中に、針が混入していました」

箱に同封されていたカードを渡す。それだけで、ジェラルドが状況を理解するには十分だった。

潜ませていた眉が、より険しくなる。

「それで、君が指を傷つけてしまったと……」

「はい」

「瀬名、私は怒っているんだよ」

ジェラルドの口調は冷ややかだった。

当然だろう。もう少しでフランに危害が及ぶところだったのだ。それを、結果的に口を濁《にご》してしまったのだから。

「申し訳ありません」

深く頭を下げた。だが、ジェラルドは哀しげに表情を歪ませる。

「バラの棘で傷つけたなどと……どうして本当のことを言わないんだ。君は、すぐに自分を後回しにする。私はそのことを怒っているんだ」

痛かっただろう？　と瀬名の指先を大きな手で包み込む。

「すまなかった。怖い思いをさせて」

（そんなこと言わないで……）

彼らから離れようと決めた心が鈍《にぶ》ってしまう。そして、このままでは彼に負い目を感じさせてしまう。抗うように、瀬名は包まれた指を引っ込めた。

「日本に帰ります」

努めて冷静に、そして突き放すように、瀬名は言い切った。

「何だかいろいろなことがあって、疲れてしまいました。ここはやっぱり僕の知る世界とは違い過ぎます。それがよくわかったんです」

聞こえてくる自分の言葉に傷つけられる。違う。本当はここへ来ることができて幸せだった。悩むことも戸惑うことも多かったけれど、居場所を与えられて、フランに慕われて、そしてあなたの側にいられて。

「君に負担をかけていることを、私はもっと早く気づくべきだった。全ては私の不甲斐《ふがい》なさのせいだ。本当にすまない。だから、どうか日本に帰るなどと、そんなことを言わないでくれ……」

いつも誇り高く、皆に敬意を払われるこの人に、謝らせている自分に腹が立った。もっと怒ればいい。僕を軽蔑《けいべつ》するくらいに怒ってほしい。そうでないと僕は、あなたからもフランからも離れることができない。

「子どもの相手に飽きたんです」

淡々と、瀬名は拒絶の言葉を口にした。だが、心の中は自分に嘘をつくことでいっぱいいっぱいになっていた。どこか一点でも刺激を加えられれば、均衡《きんこう》が崩れてきっと簡単に壊れてしまう。膨らみ過ぎた風船のように。

それなのに、ジェラルドは瀬名を抱き寄せようとする。

「それは嘘だ。君はそんなことを言える人じゃない」

「そんな人間なんです。日本へ帰って、仕事を探して、前の生活に戻りたい」

必死に自分を保とうと、瀬名は差し伸べられた手を押し返した。

「疲れたんです。もう僕のことは放っておいて……！」

「だめだ。日本へ帰ることは許さない」

手首を強く掴まれる。藍色の瞳に暗い炎が揺れ、その向こうに自分の顔が映っている。

渾身《こんしん》の力を籠め、瀬名は目の前に迫った逞しい上半身を突き放した。

「だから、不用意に僕に触れないで……」

その一言を絞り出す。だが、ジェラルドの熱い視線が伝播して、瀬名の理性は脅かされてしまった。

——もういい。これで最後だから、きっぱりと彼に拒絶されよう。

瀬名は、来ていたニットをその場に脱ぎ捨てた。そしてシャツのボタンを一つひとつはずし、裸の肩にするりと滑らせる。

「瀬名、何を……」

動揺を隠せないジェラルドの声に構わず、瀬名は露わになった上半身をジェラルドの目の前に晒した。

「僕は男です。どんなに愛しても、フランのお母さんにはなれないように、これ以上、あなたの側にいることはできないんです」

　これでいい。息をするのもはばかられるような張りつめた沈黙は、それがそのまま彼の答えだ。

　瀬名は床に落ちていたシャツを拾い上げた。着心地のよさでお気に入りのこのシャツも、ジェラルドに与えられたものだ。

　全てを捨て去っていくんだ。ここで彼に与えられたものを。日本に持ち帰るものは、ここで過ごした思い出だけがあれば、それでいい。

「もし僕が女性だったら、愛して……もらえましたか？」

　その言葉を告げた刹那、荒々しく抱き上げられたかと思うと、激しく唇を塞がれた。呼吸も許さないようなくちづけで封じられたまま、身体を投げ出される。

　それが広いベッドの上だと気づいた時には、再び唇を奪われていた。手足をばたつかせて抗う間もなく、侵入してきた舌に歯列《しれつ》を荒々しくまさぐられる。

「大人の男を見くびらないでもらおうか」

　激しいキスで息が上がった瀬名を見下ろしながら、ジェラルドはジャケットを脱ぎ捨てた。

「私は、君が思うほど紳士ではない。目の前にそんなふうに君の身体を突きつけられて、平静でいられると思うのか？　不用意なのは君の方だ」

　そうして、動けないままの瀬名のボトムのウェストを掴む。

「自分がどんなに私を煽ったのか、その身体に教えてやる」

　ボトムを一気に引き下げられ、無防備な下半身が露わになる。空気に触れたそれが一瞬驚いたようにぴくりと跳ね、ジェラルドは宥めるように、舌先で瀬名の淡い色の茎をなぞりあげた。

「やあっ！」

　あまりのことに、瀬名は全身で慄いた。だが、シーツを蹴り上げた爪先をいとも簡単に捉えられてしまう。

　いつの間にか、靴も靴下も脱がされていた。その爪先にもキスをされ、背中をぞくりと何かが這い上がっていく。

「や……イヤ……やめて……」

　隠しようのない全裸を晒していることが恥ずかしくて、今まで見たことのないジェラルドが怖い。

　それなのに抗いきることができず、ただどうしてよいかわからずに、視線の下で身体を強《こわ》ばらせることしかできない。身体の奥には、ジェラルドを思って初めて自分を慰めた時と同じ疼きが生まれていて――。

「やめないよ。自分が私に何をしたのか、その身体で思い知るといい」

「や……っ、ん、ふ――……」

ひどい言葉とは裏腹に、キスは優しかった。何度か啄《ついば》まれ、反射的に開いてしまった唇の中を今度は甘くあやされる。

「ん……」

くちづけに酔わされていたら、剥き出しの茎をやんわりと揉まれた。

ジェラルドの大きな手のひらの中で逃げ場を失ったそれは、あえなくかたちを変えていく。キスと呼応するかのようなその動きに、経験のない瀬名が太刀打《たちう》ちなどできるはずがなかった。

唇を解かれたかと思うと、瀬名は下半身がぬるくて柔らかなものに包み込まれたのを感じた。キスで酔わされてうつろになった視線の先に、瀬名の股間に顔をうずめているジェラルドがいる。

「いや……っ。……そんなこと、ダメ……っ」

「恥ずかしいのか？　さっきはあんなに煽ったくせに」

「や……っ、そのましゃべらないで……っ。あ……っ、ん、は……っ」

ずぶずぶと底無し沼にはまるように、抗いがたい感覚を受け止めさせられる。一方的なのに、強引なのに、茎は浅ましく熱をもち、身体が悦《よろこ》びを訴え始める。それでも、瀬名は嫌だと、やめてとお願いすることしかできなかった。

そんな瀬名に、責めるようなジェラルドの声が降る。

「では、どうしてこんなに反応しているんだ？　もうこんなにこぼして。私の唇が濡れているのは君の雫のせいだよ……？」

揶揄《やゆ》するように、ジェラルドは瀬名の先端を舌先でぺろりと舐める。あふれだした透明の蜜を吸い上げられた時、瀬名は腰を震わせてぽろぽろと泣き出してしまった。

「だって……どうしていいか……わか、らなくて、でも、気持ち、よくて……あなたは、怒ってるのに……僕はこんなになって……こんなの……こんな僕、いやらしい……」

「怒っているんじゃない。いや……怒っていたか。ただ、わかってほしかったんだ」

しゃくりあげる肩をそっと撫で、額に、頬に、唇に落とされる穏やかなキス。優しい彼と、強引でひどい言葉を投げつける彼と、もう、どちらが本当のジェラルドなのかわからない。

「ん……っ」

謝るように触れてきた唇に、瀬名はたまらなくなって自分から吸いついた。拙《つたな》い舌を捧げて、もっと近く、もっと触れたいと、ジェラルドの首に両腕を絡めてかじりつく。

「──っ。だから、煽るなと言っただろう」

「ん、だって……っ」

僕の身体に火をつけたあなたが悪い。怒っていたくせに、優しく触れてくるあなたが悪い。そして、あなたを好きになってしまった自分自身が、触れられて悦んでいる自分が一番悪い。

再び口淫《こういん》に捕えられ、より淫らに熱く育てられる。はちきれそうに充血した皮膚の上を、濡れた舌が滑っていったかと思うと根元から囚われて吸い上げられる。

成す術《すべ》もなく瀬名はシーツの上で身体をくねらせ、背を逸らせて、押し寄せる射精感に翻弄《ほんろう》された。

「ああっ……や、も、許して……」

怖いくらいに身体が熱い。先端は蜜をこぼし続けているのに、もっと奥まったところに、弾けそうなものがうごめいている。瀬名にその感覚をコントロールすることはできなかった。ジェラルドの舌に導かれ、追い上げられて絶頂の淵に立つ。

「やあっ……」

登りつめた瞬間、身体がふわっと浮いた。その腰を、ジェラルドが強く抱きしめる。

瀬名の脚の間で金髪が揺らめいて、どくどくとあふれ出した全てを受け止められているのがわかった……。

「もう、や……」

強烈な快感と引き換えるように塗り替えられる現実感。彼の口の中で出してしまうなんて、恥ずかしすぎて消えてしまいたい……！

「ごめんなさい……ごめんなさい、僕――」

「謝らないでくれ。君をそうさせたのは私だ」

ジェラルドは瀬名の両手を縫い留め、濡れたままの下半身の上に圧《の》し掛かってくる。身に着けたままの衣服が瀬名の残滓《ざんし》で濡れて、染みを作るのがいたたまれない。

こんなに恥ずかしいのに、シーツに潜り込むことさえ許されないのだ。むせび泣きながら、瀬名は降りてくる唇を受け止めた。

「もっと、瀬名が欲しい」

髪を梳《す》きながら、耳朶に触れた唇が囁く。欲しい、欲しいと甘噛みされて、瀬名の脳髄は蕩《とろ》け出してしまう。まともな思考が働かなくなって、濡れた目で誘うように彼を見上げていた。

愛し合うという行為の究極に、身体をつなげるのだということは、もちろん知っている。

経験はないけれど、そして、男同士でどうすればそうできるのかわからないけれど、射精しても尚、くすぶる火種《ひだね》は身体の奥に依然としてあった。それを昇華《しょうか》しないと終われないのだという漠然とした予感が、瀬名を苛《さいな》んでいる。

「今、自分がどんな顔をしているかわかるか？」

前髪を梳きながら問いかけてくる声は優しい。子どもがイヤイヤをするように首を振ると、ジェラルドはふっと笑った、

「では、そのまま感じていればいい」

言葉と一緒に身体を返された。うつ伏せになった瀬名のうなじに舌が這わされたかと思うと、口の中に指を差し込まれた。

「舐めて」

「ん――」

反射的に、ジェラルドの指に舌を絡める。溺れる者が手にしたものに縋るように、瀬名は一心に舌を動かした。開いた唇の隙間から絡めきれなかった唾液があふれ、ジェラルドの指をしとどに濡らす。

「そう、上手だ……」

揶揄でもいい。いやらしくてもいい。ジェラルドに褒められたことが嬉しくて、懸命に

指をしゃぶった。

空いたジェラルドの手は、瀬名の背中を伝い落ちて行った。双丘の狭間に潜り込み、更に奥にある窄《すぼ》まりへと届く。

背徳感《はいとくかん》を感じる場所に触れられて、恥ずかしさが再燃する。固く閉じた入口を確認するかのように何度か擦られ、煽られるように舐め続けていた指を引き抜かれたかと思うと、腰を高く持ち上げられた。

息をつく間もなく、ジェラルドの長い指が窄まりに分け入ってくる。ずぶりと侵入を許してしまうのは、自分がしゃぶって濡らしたせいだ。だが、初めてほぐされるその場所は、第二関節のひっかかりでさえ抵抗を生んで、瀬名に苦痛をもたらした。

「痛い……」

詫びるように、背中に優しいキスが落ちる。啄むように降りて来て、皮膚の合わせを押し開かれたかと思うと、乾いた窄まりにぴちゃっと濡れた感触を覚えた。

「……っ、やあ……！」

舌先が潜り込んでくる。指で広げながらなかを濡らされるのがわかって、瀬名は身悶《みもだ》えた。反射的にジェラルドの唇から、舌から逃れようと腰をくねらせる。

「そんなことをしても、私を煽るだけだ」

「や……広げ、ないで……っ」

だが、舌で探られる度に、そこが潤んで柔らかくなるのがわかる。湿った舌の愛撫は優しくて心地よくて、やがて瀬名は羞恥と戸惑いと引き換えに陶酔感《とうすいかん》を覚え、甘い吐息をこぼしていった。

「あ……ん――」

シーツに顔を擦りつけて喘ぐと、脚の間で揺れていた茎を捕えられた。何度か扱《しご》かれ、そこが芯を持っていることを知らされる。立てた親指で充血した先端を可愛がられ、前とうしろ、同時にもたらされる快感に、瀬名は泣いた。

「きもち、い……」

ついに、淫らな気持ちを言葉にしてしまう。感じている自分を自分の声で自覚したら、身体の奥でかあっと何かが燃え上がった。ふるふると腰を揺らしてその感覚をやり過ごす瀬名の頬を、ジェラルドの手のひらが愛しげに撫でる。

「可愛いよ、瀬名……」

「殿下……っ、あ、もっと……もっと触って……」

振り向いて懇願した顔を引き寄せられ、唇を塞がれる。舌を絡め合いながら茎を扱かれて、瀬名はジェラルドの手の中で欲望を弾けさせた。

短い時間に二度も射精してしまうなんて……だが、瀬名の中にはもうそれを恥ずかしいとか嫌だとか思う余裕さえなくなっていた。

「あつ……い」

身体の中にまだ熱がこもっている。この熱をどうにかしたい。できるのはこの男だけだ。それもよくわかっていた。

「私もだ……君から伝わる熱のせいでどうにかなりそうだよ」

「ん……」

頬に手を添えられ、合わされた唇の中を流れ込んできたのは水だった。ベッドサイドの水差しから含み、ジェラルドは何度か瀬名に送り込んでくれた。だが、互いに我慢できなくて、舌を絡め合うキスに変わってしまう。

唇が解かれ、うしろに再び指が入り込んできた。だが、さっきと動きが違う。指の腹で擦り込むようにされて、また新しい快感を覚えさせられる――瀬名自身が放ったものを、なかに塗り込められているのだ。

ここでジェラルドを受け入れるのだとわかった。そのためにほぐされていることを思ったら、ますます身体が熱くなる。指で擦られる度に、意志とはうらはらに四肢《しし》がびくんと跳ねてしまう箇所があって、そこを攻められると高い声が出てしまう。

「あ……そこ、や……」

「痛い？」

「いた……いいんじゃない、けど……ああっ」

この感覚を伝える言葉を知らない。それは、これまでの瀬名の中にはないものだった。

こんなところに指を入れられて、身体の内部を擦られて、こんな気持ちになるなんて。

「それでいい。少し我慢すればきっと悦《よ》くなる」

尚も指を動かしながら、ジェラルドは瀬名の首筋に優しいキスをくれる。

「だが……優しくできないかもしれない」

「ん……――？」

緩んだ口元から洩れる声も、すでに蕩けきっていた。その直後、ズンっと腰を突き上げられ、瀬名はシーツにしがみついた。

「ああっ！」

ジェラルドが自らの楔《くさび》を打ち込んだのだ。同じ勢いで引き抜かれ、またすぐに穿《うが》たれる。

余裕のない抽挿《ちゅうそう》の合間に、「瀬名……瀬名」と、何度も名前を呼ばれた。

「や……や、ん！」

一つになった感慨よりも、ジェラルドを受け入れるので精一杯だった。腰だけを持ち上げられて身体を揺さぶられるから、もはや腕で身体を支えることはできなかった。シーツにほころびができるほど爪を立て、零れた涙が染みになる。

「瀬名……ごめん、優しく、できなくて……」

背中に降る声は切羽詰まっていた。痛いほどに、腰に指が食い込んでくる。だが、苦痛ではなかった。重圧感や違和感はすごいけれど、それがジェラルドからもたされるものだと本能が理解して、ただ必死で彼を受け止める。

「殿下、殿下……っ」

「瀬名……っ」

挿入を浅くした刹那、身体が翻される。うねる粘膜に逆らう動きが新たな刺激となって、瀬名の脳裏に星が飛んだ。声にならない声を上げた時、身体をしっかりと抱き留められて、胸の中に深く収められる。

瀬名とジェラルドの身体の間で、瀬名の茎がふるふると震えながら互いの皮膚を濡らした。

「あ、また……」

放心状態で呟いた目の前には、深い藍色の瞳。なんて、なんて綺麗なんだろう――見惚れていたら、ずちゅんと挿入を深くされた。

「あう……ッ――」

「こんなことまで許したのは、初めて？」

深いところで緩く腰を使いながら、甘えるようにジェラルドが訊ねてくる。

「初めて……あ……知ってる、くせに……っ」

何度もイって、淫らすぎるから疑われたのかもしれない。イヤイヤと首を振ると、その顔を捕まえられて唇を塞がれた。

ぴちゃぴちゃと舌を重ね合わせながら、もっと奥までジェラルドの侵入を許す。いや、勝手に身体が開いて彼を取り込んでしまうのだ。

「私も初めてだよ……こんなふうに我を忘れて誰かを抱くのは」

「あ、うそ……」

「嘘じゃない。本当だ」

少し辛そうにジェラルドは眉を顰める。瀬名のなかのうねりが強くなったためだ。だが、無意識の瀬名は喘《あえ》ぎながら腰を揺らめかせるばかり。

「このなかが、私でいっぱいになっているのがわかるか？」

瀬名の手を取り、ジェラルドは瀬名の下腹部をそっと擦った。吐精《とせい》してなお、頭をもたげる茎の下、淡い茂みから臍の辺りまでを、何度か往復する。そんな緩慢《かんまん》な刺激にもたまらなくなって、瀬名は手を振りほどいてジェラルドの首にかじりついた。

僕のなかが、あなたでいっぱい――自覚したら、さらに身体が燃え上がった。

ジェラルドは危ぶむように瀬名に問いかける。

「そんなにしがみついたら、このまま君のなかを汚してしまうよ……？」

「いい……汚しても、いい……」

「君のなかに出してしまうんだよ。それでもいいの？」

「いいっ……いい、から……っ」

もう、自分で何を言っているのかもわからなかった。ただ、彼が身体を放すのが嫌で、ジェラルドの腰に脚を絡めて懇願した。今、自分がどんなにはしたない恰好をしているのかもわからずに。

「やめない、で……このまま、してくださ……っ、ああっ！」

より深く突き入れられたジェラルドの雄が、瀬名のなかでぶるっと震えて爆ぜる。びゅくびゅくと放出されるものでなかが濡れ、卑猥《ひわい》な水音が生まれた。

「……っ、瀬名……っ」

「あ、は……あ――」

なかの粘膜を蠕動《ぜんどう》させ、ジェラルドを搾り取ろうとしていることを瀬名は知らない。締

めつければ締めつけるほどなかは濡れて、受け止めきれなかったものが、シーツへと伝い落ちていった。

「や……とけ……る……」

なかに出されるとはこういうことなのだ――だが、ジェラルドの言うように、汚されたのだとは思わなかった。溶け合うことで彼と一つになれた。ただ、そんなふうに思ったら涙があふれた。

息を吐きながら倒れ込んでくる身体を懸命に受け止める。彼のシャツは汗ばんでいて、乱れた前髪がセクシーだった。

（こんなに無防備なこの人を見たのは初めてだ……）

そう思ったのを最後に、瀬名はジェラルドを抱きしめたままで意識を手放した。

どれくらい意識を失っていたのか。

目覚めた瀬名の傍らには、ナイトウェアに着替えたジェラルドが座っていた。

何度も放って、放たれて濡れそぼっていた瀬名の身体も、汚したシーツもさっぱりと綺麗になっている。身に着けているナイトウェアが大きいのは、ジェラルドが自分のものを着せてくれたからだろうか。自分が寝落ちている間に、王子に後始末をさせてしまったのだと思ったら、申し訳なさと恥ずかしさが襲ってきた。

横たわったままで困ったように目をしばたたかせると、ジェラルドは包み込むような優しい目で微笑んだ。だが、次の瞬間には、さっと暗いかげりが過る。

「身体は……？　辛《つら》いところはないか？」

「大丈夫……です」

本当は、起き上がれないくらいに気怠《けだる》く、身体が重かった。だが、問いかけるジェラルドの方が辛そうで、心配をかけたくなくてそんなふうに答える。

「すまなかった。強引に抱いてしまって……君は嫌がっていたのに」

懺悔《ざんげ》するような瞳に、横たわったままで首を振る。本当は起き上って彼の顔に触れたかったけれど、身体が言うことをきかないのがもどかしかった。

「違うんです……僕が……僕の方が」

最初は怖かったし逃げたかった。だが、結局は自分から欲しがり、ジェラルドを求めていた。自分がいかに淫《みだ》らで浅ましかったか、わかっているのは他ならない自分自身なのだ。

ひどくされても、言葉で辱《はずかし》められても、やはり彼が好きだったから――だから抗いきれずに受け入れた。

互いに求め合ったはずなのに、この気まずさはなんだろう。

ジェラルドは強引にしたことを悔い、瀬名は彼から離れようとしながら、抗えなかったことを悔いている。

日本へ帰ると告げた件も、結論は出ないままだ。欲情にまかせて身体を重ねてしまったことで、全てが有耶無耶《うやむや》になってしまった。

「部屋へ帰ってゆっくりと休むといい。まだ夜明け前だ。アーサーに風邪を引いたとでも言って」

「はい……」

何とか起き上がろうとするが、腰から下に力が入らずにくずおれてしまう。真っ赤になってしまった瀬名に、ジェラルドは手を差し伸べた。

「私のせいだからな……部屋まで送らせてくれ」

躊躇する間もなく抱き上げられ廊下に出る。

深夜の廊下に人影はなく、誰かに見られる心配もなかったが、静まり返った空間に響く靴音がやけに大きく聞こえて、瀬名は落ち着かなかった。

皆に隠れて悪いことをしてしまったような背徳感が胸をつく。実際に、王宮の皆やアーサーや、そしてフランに秘密を作ってしまったことに違いはないのだ。

脳裏に、フランの無邪気な笑顔が浮かんだ。ツンと小さな痛みが胸を刺し、これが後ろめたさなんだと教えられる。

ジェラルドの寝室から少し歩いたところがフランの子ども部屋で、瀬名の部屋はその続きにあった。子ども部屋のドアの前を通り過ぎようとした時、中から微かに泣いているような声が聞こえ、瀬名はジェラルドの腕の中で身を強《こわ》ばらせた。

「泣いてます……」

「えっ？」

「フランが泣いてる……聞こえたんです。ほら」

今度はジェラルドの耳にも聞こえたようだった。急いで瀬名の部屋から入り、フランの部屋に通ずるドアを開ける。

そこには、ベッドの上に起き上がり、ひっく、ひっくと背中を震わせながら泣いているフランの姿があった。

身体が動かなかったことも忘れて、ベッドの側に走り寄る。一体どうしたのだろうと、不安で胸が締めつけられた。

「フラン、どうしたの？　瀬名はここだよ。ダディも一緒だよ」

「シェナ……ダディ……」

瀬名の姿を見つけたフランは、腕を伸ばしてしがみついてきた。安心したのか、泣き声が大きくなる。小さな身体を抱きしめた瀬名は、驚いて傍らのジェラルドを見上げた。

「熱が……！」

フランの身体は、高熱で火照《ほて》っていた。肩を上下して呼吸も荒く、苦しそうな息の合間に、しゃくりあげる様子が痛ましい。

かわいそうに。辛くて夜中に目が覚めたのだろう。いつから泣いていたんだろう。いつもなら――いつもならもっと早く気づいてあげられたのに。

自分を責める瀬名よりも、息子の異変に驚いて蒼白《そうはく》になっていたジェラルドの方が早くに我を取り戻した。「ドクターを呼んでくる」と部屋を飛び出して行く。

（しっかりしなきゃ）

残された瀬名もまた我を取り戻し、フランを寝かせて医師の到着を待った。

＊＊＊

王宮には医師や看護師など、医療従事者が常駐《じょうちゅう》している。最新の医療器具も完備されており、手術を伴わないような症状ならば、王宮の中で十分に対処可能だ。

今回は特に小児科医が呼ばれ、万全の看護体制が取られたものの、フランの症状は重かった。数日たっても熱が下がらず、肺炎を起こしてしまったのだ。

部屋を病棟に移したので、完全看護が施される。だが、瀬名はフランの側にいることを希望し、病室に付き添って寝起きした。

こんなに高い熱を出すのは、瀬名がフランと出会ってから初めてだった。つまり、瀬名は熱を出した子どもを見たことがない。家庭用の医学書で勉強はしたけれど、実際に苦しむフランを目の前にしたら、どうしてよいかわからなかった。

だが、ここには二十四時間、優秀な医療スタッフがいてくれるのだ。世のパパやママたちはこんな時どうするんだろうと、今まで想像もしたことがなかった事態に胸が痛んだ。

愛する子どもが苦しそうにしている様子を見ているのは、本当に辛い。

このまま死んでしまうんじゃないだろうか。

何度もそんな考えが頭を掠めて、自分の無力さを思い知る。代わってやれるものなら、代わってやりたかった。

フランが熱を出したその日、ジェラルドはどうしても公務を欠席することができず、後ろ髪を引かれる思いで出かけていった。

「頼んだよ」

肩を叩かれ、こくりとうなずく。

抱き合ってしまった気まずさも、ベビーシッターを辞めると言った問題も、それ以前に瀬名が思い悩んでいたことも、全ては後回しだ。

今はただ、フランが元気になること、それだけだった。


フランが熱を出して五日目の夜。

瀬名は、今夜もフランの枕元に寄り添っていた。ほとんど食事が摂れないために点滴に繋がれた腕が痛々しく、瀬名は唇を噛んだ。熱でカサカサになった唇を濡れたコットンで湿らせてやり、ふっとため息をつく。

(どうしよう。このままよくならなかったら……)

もう何日も、その恐れと闘い続けている。瀬名の心身の疲労もピークに達していた。

「どうだ――？」

ノックも早々にドアが開き、ジェラルドが姿を現す。議会関係のパーティーに出席していた彼は、フォーマルなスーツ姿のままだった。着替えも早々に、フランの様子を見に来たのだ。

堅苦しいタイを外《はず》し、うっとうしそうに上着を脱いだジェラルドは、瀬名の隣でフランの顔を覗き込んだ。

「まだ下がらないか？」

「ええ。今夜容体が変わらなければ、明日は大学病院へ入院して詳しい検査をしましょうってドクターが……」

「そうか」

ぽつんと言って、ジェラルドは熱い額にそっと手を触れる。フランは、熱で潤んだ目を微かに開けた。

「ダディ……？」

発する声も小さく、弱々しい。ジェラルドは「ああ、ダディだよ」と優しく呼びかけた。

「おかえり、なしゃい……」

「しゃべらなくていいからな……」

「おみじゅ……」

「うん？　水が欲しいのか？」

瀬名が水の入ったストローマグを差し出すと、少し飲んで、ふうっと息をつく。たったそれだけの動作でも辛いのだろう。

口元を拭ってやって、襟元が寒くないようにブランケットを整えた。フランはそのまま、またうつらうつらと眠りに落ちる。

「私が代わろう。少し休むといい」

「僕なら大丈夫です。殿下こそお疲れでしょう？」

「いや……ここにいさせてくれ」

ベッドサイドの椅子に並んで座り、時折、呼吸を確かめたり、水を飲ませてやったりする。交代で仮眠して、片時もフランの側を離れない。フランの具合が悪くなってからずっと、二人はそんな夜を過ごしていた。

　抱き合ってしまった夜のことは瀬名もジェラルドも口にしないけれど、二人でフランを看病するうちに、あの何ともいえない気まずさは薄れてきたように思えた。、気がつけば自然に会話し、お互いを気遣っている。

　ただ、このまま有耶無耶にしてしまってはいけないと思うけれど……。

「汗をかくようになられましたね。少しずつ熱も下がってくると思います」

　深夜、様子を見に来た医師に告げられ、瀬名は深く息をついた。ホッとしたら足から力が抜け、その場に崩れそうになってしまう。

　その身体を支えたのはジェラルドだった。

「大丈夫か？」

「すみません。何だか気が抜けて……」

「ああ、そうだな」

　瀬名を椅子に座らせて、ジェラルドもまた、その隣に座った。

　ふと、ベッドの上に置いていた瀬名の手に、ジェラルドの手が重ねられる。一瞬、驚いたけれど、その温かさに瀬名の心はますます緩んでしまう。

　ジェラルドは瀬名に笑いかけた。安堵した微笑が、とても懐かしい感じがする。ぎこちなく笑い返したら、微笑が深くなった。

僕はいつから、彼の笑顔を見ていなかったんだろう。

「このまま、よくなるといいな」

「はい……」

手を重ねたまま、二人はフランを見守っていた。祈るようなその夜、フランはやっと快方に向かい始め、医師は「もう大丈夫でしょう」と告げた。

熱が下がり、すうすうと呼吸も楽そうにしている。「よかった……」と呟いた瀬名に、ジェラルドは凪いだ目を向けた。

「フランが元気になったら、また三人で旅行しようか」

一瞬、返す言葉に詰まる。だが、うなずくわけにはいかなくて、小さな声で答えた。

「でも、僕は……」

「ベビーシッターを辞めて日本へ帰るという話なら、私は認めていないよ」

ジェラルドはきっぱりと言い切った。

「君は、ずっと私とフランの側にいるんだ」

だが、不遜とも言える口調は、縋るような懇願に変わる。

「側にいてくれ……。フランだけじゃない。私にも君が必要なんだ。君がいなければ生きていけない。瀬名、君を愛している」

熱を秘めた告白に、瀬名は耳を疑った。だが、ジェラルドは確かに言ったのだ。

君を愛していると――。

「あの日、強引に抱いてすまなかった」

瀬名の前に頭を垂れ、ジェラルドは再び懺悔する。

「ずっと、君に触れたいと思っていたよ。もしその日が来たら、とても優しくして、大切に大切にしようと思っていた。それなのに、君が遠くへ行ってしまうと思ったら自分が抑えられなくて……君に軽蔑されても仕方がない」

堪え切れず、瀬名の目に涙があふれた。はらはらと落ちるその涙を拭おうともせず、瀬名は答える。

「違うんです……。嫌だと言いながらあなたを受け入れたのは、僕自身です。いいえ、本当は嫌じゃなかった。怖かったけれど、驚いたけれど、でも、あなたと一つになれて嬉しかった。だから、止められなかった……」

ジェラルドの手を取り、自分の頬に押し当てる。今はただ、愛していると言ってくれたこの人の存在を確かめたかった。

「僕もあなたが好きです……あなたを愛しています」

ジェラルドの藍色の目が大きく見開かれる。その目を見つめ返し、瀬名は頬に触れていた手のひらにくちづけた。

「あなたのことが、僕の中でどんどん大きくなって、でも男同士だし、身分違いだから、どうしても言えなかった。このままあなたを思い続けて行こうと思って、でも、僕の存在がフランを危険に晒すんだと思ったら、怖くて……」

「だから、日本に帰るなんて言ったのか」

はい、とうなずくと、ジェラルドは瀬名の肩を抱き寄せた。

「すまなかった。辛い思いをさせて。君の気持ちに気づいてやれなくて……だが、これからは私が君を守る。この世のあらゆるものに誓うよ。だから、どうか私とフランの側にいてくれ」

これからもずっと――温かな胸に顔をうずめて、瀬名はうなずいた。

守ると言ってくれた彼の言葉に心が震えた。夢を見てるみたいだ……だが、ジェラルドの体温も、少し早い胸の鼓動も、全て現実だった。

「君に心を奪われたのは、フランの方が先だったが……」

優しげに苦笑しながら、ジェラルドは出会った頃に思いを馳せる。

「私は、フランがそんなにも慕《した》う君のことがとても気になった。知り合ってみれば、君は健気で明るくて、いつもがんばっている君のことを私の腕の中で甘えさせてやりたいと思った。君が可愛くて、ついついからかってしまったこともあったけれど」

「その度に、僕はドキドキしてたのに……」

照れも手伝って拗ねてみせると、ジェラルドは「知っていた」と、いたずらっぽく目を細めた。

「意地悪です……」

「可愛い君が悪い」

そんなふうに艶《つや》っぽく微笑まれたら、瀬名はもう陥落するしかない。真っ赤になった瀬名を愛しむように、ジェラルドは瀬名の髪を撫でた。

「だが、君に惹かれれば惹かれるほど、アメリアを傷つけたまま死なせた私には、恋をして幸せになる資格はないのだと思えた。そんな私の曖昧《あいまい》さが君を傷つけてきたんだ。その分も君を大切にしたい。そして、私とフランを幸せにしてほしい。アメリアもきっとわかってくれると思うのは、私のわがままだろうか」

「彼女の分も、あなたとフランを大切にします」

ジェラルドの腕の中、瀬名はアメリアと同じ黒い瞳を瞬いた。その瞳には、きっとジェラルドが映っている。彼の瞳に、瀬名が映っているのと同じように。

「アメリアさんに嫉妬している自分に気がついて、亡くなった人に妬《や》くなんて、僕はなんて嫌なやつなんだろうって悩んだこともありました。でも彼女がいてくれたから、僕はフランに出会えたんです。アメリアさんの分もフランを愛して、大切に大切に育てたい……あなたと一緒に」

「ありがとう――」

噛みしめるように答えたあと、ジェラルドは瀬名のおとがいを引き寄せた。唇をしっとりと重ねる、長くて優しいキスが贈られる。

唇がとろけそうなほどに甘いキスだった。嬉しくて、幸せで、そして愛しくて――いつまでもそうしていたいと思ってしまうほど。

「フランの前なのに……」

恥ずかしくてそんな文句を言うと、ジェラルドはその唇を今度は軽く啄《ついば》んだ。

「よく眠っている。それに、舌は我慢しただろう？」

「殿下……！」

何てこと言うの、と抗議すると、ジェラルドは甘えるように瀬名の耳元に唇を寄せてきた。

「ジェラルドと呼んでくれないのか？　前のように」

「ジェラルドさん……」

「名前だけでいい」

「そんな……呼べないですっ……」

ジェラルドは笑って、瀬名を抱きしめる。その広い背に瀬名も腕を回して抱きしめ返した。何度もキスを贈り合う。

窓の外はうっすらと明るくなり、夜が明けようとしていた。幸せな朝が訪れ、今日からきっと新しい日々が始まる。

「……なにちてるの？」

不意に聞こえてきた声に驚いて、二人はキスを止めて目を開ける。

瀬名とジェラルドが見たものは、不思議そうに自分たちを見上げている、フランの青いまんまるの瞳だった。

6

熱が下がったフランは、見る間に回復していった。

『子どもはこうして免疫力を高めながら大きくなっていくんですよ』

小児科のドクターに教えられ、「僕ももっと強くならなきゃ」と瀬名は思った。これからは慌てたりおろおろしたりせずに、ちゃんと対処できるように。

(でも、いざとなるとやっぱり、心配で心配で居ても立ってもいられなくなってしまうんだろうな)

心の中で苦笑いして、すっかり元気になったフランを見守る。

来週は、王宮でフランの三歳の誕生パーティーが催《もよお》される。公式行事ではないが、隣国の女王陛下を始め、近隣諸国のＶＩＰや国民も多く招かれる盛大なものになるらしい。

ラプフェルでは、三歳と九歳を成長の節目として、特に大切に祝うのだという。

「日本の七五三みたいなものかな？」

「ちちごしゃん？」

三歳を目の前にしても舌ったらずはそのままだが、おしゃべりはうんと上手になった。耳で聞き覚えた言葉を一生懸命に使おうとするのが可愛くて、この時期にしか聞けないフランの独特の言い回しを、全て書き留めて残しておきたいと思うくらいだ。

だが、パーティーのことを思うと、瀬名は少々落ち着かなかった。

「誕生パーティーには、君にも出席してほしい」

ジェラルドからそう言われていたからだ。

「……ドレスを着て？」

おずおずと問うと、ジェラルドは眉を顰めた。

「それは笑えない冗談か？」

気を悪くしたような彼に「ごめんなさい。そんなつもりじゃなくて……」と謝ると、ジェラルドは口角《こうかく》を上げてニヒルに笑った。

「キスしてくれたら許してあげるよ」

昼寝中のフランが熟睡しているのを確かめてから、瀬名は背伸びしてジェラルドの唇にそっとキスをした。

この前、キスしているところを見られただけでなく、さらに「ダディとシェナがちゅってしてたの」とアーサーに無邪気に報告されてしまったのだ。アーサーの「それはようございました」という言葉が、とてもいたたまれなかった。

ごめんなさいのキスに満足したジェラルドは、瀬名を自分の膝に座らせる。

それ以上いたずらを仕掛けてこないのは、さすがにフランが昼寝している前だからだろうか。ホッとしたような、ちょっと物足りないような気分になる不埒な自分に呆れてしまう。

「ありのままの藤堂瀬名としてに決まっているじゃないか。セイナなんて人物は本当はいなかったんだって、皆の前で宣言するよ」

「でも、そんなことしたら……」

嬉しいけれど、彼の立場を思うと手放しで喜べない。心配顔の瀬名に、ジェラルドは優しく笑いかけた。

「全て私に任せて。私を信じて？」

うなずくと、今度はジェラルドがご褒美《ほうび》のような甘いキスをしてくれた。

彼を信じると決めたのだから抗うつもりはないけれど、ただ、ジェラルドやフランが自分のために嫌な思いをしないようにと願わずにいられない。

幸せで少し不安なドキドキ感をはらみながら日々は穏やかに過ぎて行き、やがてフランの誕生パーティーの日を迎えた。

ベルベットの半ズボンスーツを着たフランは、光り輝くばかりに可愛かった。光沢のある生地に金髪が映《は》え、青い目がきらきらと輝いている。胸には小さな勲章が一つ増え、その誇らしさをフランなりに感じているようだった。懸命に背筋を伸ばして立つ小さな紳士の姿に、瀬名は目の奥が熱くなった。

「フラン、お誕生日おめでとう」

ぎゅっと抱きしめると、「フラン、しゃんしゃい！」と得意げに答える。一生懸命に指を三本立てようとしている姿がいじらしい。

（アメリアさん、フランはこんなに大きくなりましたよ）

窓の向こうの空に向かって瀬名は語りかける。

これから毎年、報告させてくださいね。そこから見ていてくださいね――。

「用意はできたかい？」

部屋に入ってきたジェラルドは、フランの様子に思わず目を細めた。

「これは、何て素敵な紳士なんだ！」

「フラン、しゃんしゃい！」

「では、フランシス殿下、ダディに三歳のキスをしてくれないか？」

身を屈《かが》めたジェラルドの頬にキスをして、フランはにっこりと笑う。ジェラルドと瀬名の手を引っ張って、フランにもしてよ、とねだった。

フランの両頬にそれぞれキスをして、瀬名とジェラルドは微笑み合う。

ジェラルドに見つめられ、瀬名は急に恥ずかしくなってしまった。初めてのフォーマルスーツがちゃんと着こなせているか心配で、「あの……変じゃないですか？」とおずおずと確認する。

フランとお揃いのベルベッド生地のそれは、シャツからタイから靴から、全てジェラルドがコーディネートしてくれたものだ。クロスタイを留めている小さなダイヤモンドは、思いを確かめ合った翌朝に贈られたものだった。

「素敵だよ。こんなに素敵な二人をエスコートできるなんて光栄だ」

ぽっと頬を染めると、ジェラルドは「本当は誰にも見せたくないけれど」と笑う。ますます顔を赤くした瀬名に、今度は真面目な顔で問いかけてきた。

「着心地はどうだ？　こうして身に着けると、試着とはまた全然違うだろう？」

今日のために、完全オーダーメイドで仕立ててもらったのだ。「最高です」と答え、瀬名はふと、以前ジェラルドに服を贈られた時のことを思い出した。

「そういえば、前に服をいただいた時、サイズが全てぴったりだったから驚いたんです。

あの時は採寸《さいすん》したわけじゃなかったのに……それが不思議で、どうしてそんなことができたのか、いつか訊いてみたいと思っていたんです」

「ああ、それは――」

ジェラルドは意味ありげに相好《そうごう》を崩した。

「初めて会った時に、フランと一緒に君を腕に抱いたから。それで大体わかったんだよ。肩幅とか、華奢な腕のラインとか脚の長さとかね」

「なっ……」

思いもしなかった答えに、返す言葉もない。それって、何だか、何だか――結局また、こうして一人で赤面させられてしまうのだ。それなのに、ジェラルドはさらに瀬名を追い詰める。

「今なら、もっと詳細な君のサイズがわかる自信があるけどね」

「ジェラルドさんっ！」

照れて振り上げた瀬名の手を難なく捕まえ、ジェラルドはもう片方の手で、にこにこと嬉しそうなフランの手をつないだ。大人たちの仲睦まじい様子が子どもを安心させるというのは本当だ。

そして――。

（こういうのをきっと、犬も喰わないっていうんだよね。それにしても、ジェラルドさんって結構子どもっぽい……？）

それもまた、自分に気を許してくれているからなのだろう。飾らない彼の顔も、もっともっと好きになる。

「では、行こうか」

フランを真ん中に、三人で手をつないで歩き出す。この前と同じようでいて、その中身が全然違う。

あの時より、今の方がずっと幸せだと思いながら。


小さな王子の誕生日を祝うため、今日のパーティーには国の内外から多くの人々が集まっている。会場が目の前に迫ってきて、否応なく、瀬名の緊張感も高まってきた。

「紹介しよう、瀬名」

会場の前に佇んでいた上品な初老の婦人の前で、ジェラルドは足を止めた。ずっと以前から瀬名を知っているかのように温かく微笑みかけられ、緊張していた心が少し和む。

「この方が、ラプフェルが誇る童話作家、アリッサ・J・ハリス女史だ」

「本日はお招きいただきありがとうございます。ジェラルド殿下。お目にかかれて光栄です。瀬名様。そしてフランシス殿下、お誕生日おめでとうございます」

にこやかにお辞儀をした憧れの童話作家を前に、瀬名は驚いてその場に固まってしまった。

「いつか会わせてあげたいと思っていたんだよ」

「えっ、だって、そんな……っ」

しどろもどろな瀬名に、ハリス女史は優しく話しかけてくる。

「私の著作《ちょさく》を日本に広めたいと思っていてくださると、ジェラルド殿下からうかがいました。素晴らしいですわ。どうぞご一緒させてくださいませ」

「ありがとうございます。ぜひ……」

彼女の温かな雰囲気に助けられ、頬を紅調させて告げると、女史はふんわりと笑って一冊の絵本を差し出した。

「フランシス様へのお祝いにこちらを……どうぞお納めくださいませ」

リボンをかけられたそれは、フランのために創られた彼女の新作絵本だった。主人公の『フランおうじ』が、様々な冒険を繰り広げるファンタジーだと言う。

「ありあとう、ございましゅ！」

受け取った絵本を胸に抱き、フランはぺこりとお辞儀をした。その様子に彼女は目を細め、ジェラルドに礼を言って一足先に会場へと入っていく。彼女が立ち去ったあとも、瀬名はまだ緊張と喜びでふわふわして、その場から動けないでいた。

「この絵本を日本語に翻訳してみてほしいそうだ」

やってみるか？　と問うジェラルドに、瀬名は目を輝かせる。

「やります！　やらせてください！」

一度は見失って、でもいつか必ずと思っていた。そして今、愛だけでなく、夢までこの手に掴もうとしている。こんなに幸せでいいんだろうか――身を取り巻く光に、瀬名は戸惑ってしまう。だが、光はその先にも続くのだ。

「行こう」

目の前で扉が開け放たれ、まばゆい誕生パーティーの会場へと、ジェラルドにエスコートされる。

集まってくる視線に、緊張で一瞬だけ足が竦んだ。だが、ジェラルドとフランが側にいてくれることを思い出す。

「フランシス殿下おめでとう！」

祝福の渦の中、瀬名は、そっとジェラルドに寄り添った。

男である瀬名がジェラルドの側にいても、皆、それほど注目することはない。向けられるのは、「誰だろう？」という、ごく一般的な好奇の視線だ。

「皆様、今日はフランシスのためにお集まりいただき、ありがとうございます。さあフラン、皆さまにご挨拶を」

ジェラルドに促され、フランは可愛い仕草でお辞儀をした。そして、澄んだ声が響き渡る。

「みなしゃん、きょうは、ありあとう、ございましゅ。フランはしゃんしゃいに、なりました！」

だが、言い終えた瞬間に恥ずかしくなったのか、瀬名の後ろに回り込んで隠れてしまう。

その様子に周囲からは温かな拍手が起こり、中にはハンカチで目頭《めがしら》を押さえているご婦人もいた。

「フランえらいね。すごく立派だったよ」

瀬名に褒められ、フランは嬉しそうに笑って瀬名に抱きついた。微笑ましい二人の様子に、自然と周囲の注目が集まってくる。

「ジェラルド殿下、そういえば今日はセイナ様はご一緒でないのですか？」

向けられた質問に、ジェラルドは意味深な微笑を浮かべる。そして瀬名を引き寄せ、その肩を抱いた。

「紹介しましょう。彼の名は瀬名・藤堂。彼こそがフランのベビーシッターであり、私の真《しん》の恋人です」

一瞬、静まり返る場内――だが、次の瞬間、会場は皆の驚きで興奮のるつぼと化した。

「ジェラルド王子の恋人が男？」「では、セイナ嬢は一体……」「信じられない！」「でも、何て可愛い方なんでしょう」――様々な囁きが巡る中、瀬名は凛《りん》と顔を上げて立っていた。

人々の好奇と驚きの目、その中に、眉を吊り上げたフランの祖母の姿が見えた。

だが、瀬名の肩には確かなジェラルドの温もりがある。彼がいれば、もう何も怖くなかった。

「フランが三歳になったこの記念すべき日に、私も皆さまに誓わせていただきたい。この場にいる全ての方が証人です」

「しょーにん？」

「そう。フランもだ。どうかダディの誓いを見届けておくれ」

小首をかしげて訊ねたフランに、ジェラルドは微笑みかけた。

「瀬名、前へ」

誘われ、一歩前へ出る。その足元にジェラルドは恭しくひざまずいた。瀬名の目を見つめながら、言葉が告げられる。

「君を愛している——どうか私と結婚して欲しい。フランを共に育てるのは、君以外にいない」

見上げてくる端正《たんせい》なジェラルドの顔が、瀬名の視界の中でぼやけていた。それが自分の涙のせいだとわからないままに、瀬名はうなずく。

「イエス……イエス、ジェラルド——」

ジェラルドの唇が瀬名の手の甲に触れ、その瞬間、二人を取り巻くものはフランの他は全て消え去った。出会った時も、こうして始まったのだ。二人だけの世界で、瀬名とジェラルドは熱い抱擁《ほうよう》を交わす。

「ダディ、フランも！」

足元でせがむフランをジェラルドが抱き上げ、三人で抱きしめ合う。

その姿に最初に拍手を送ったのはハリス女史だった。拍手の波は、やがて会場全体へと広がり、三人を温かく包んでいく。

だが、隣国の女王陛下——フランの祖母がその空気を一刀両断《いっとうりょうだん》した。

「認めませんよ、わたくしは！」

怒りを露わにして、その場にすっくと立ち上がる。

「一国の王子ともあろう者が男と結婚などと……！　それに、男にフランの母親代わりが務まるとでも思っているのですか？」

「お言葉ですが、女王陛下」

ジェラルドは静かに彼女を見据えた。

「愛してしまえば、性別など関係ありません。ラプフェルは全ての恋人たちが幸せになれる国なのだと、私は自分の身をもって示します。そして、子どもを育てるのに男も女も関係ないはずです。それに、瀬名はフランの母親になるのではありません。瀬名は、瀬名ですから」

茶目《ちゃめ》っ気《け》さえたたえた藍色の瞳が煌《きら》めいて、女王陛下に意見する。瀬名もまた、静かに彼女の前に進み出た。

「女王陛下」

恭しく、瀬名はその場に頭《こうべ》を垂《た》れた。

「初めてお目にかかります。瀬名と申します。僕はご覧の通り男ですが、フランとジェラルド王子を愛する気持ちは誰にも負けないつもりです。アメリアさんの分も、フランを愛しんで大切に育てます。どうか――」

「馬鹿なことを！」

声を荒げ、彼女はフランの手を取った。

「いらっしゃい、フラン。あなたのことはわたくしたちが育てます！　こんな国にあなたを置いてはおけないわ！」

だが、フランは掴まれた手を渾身《こんしん》の力で振り切った。瀬名に駆け寄り、女王陛下に対峙する。その小さな背中で、懸命に瀬名を守るように。

「シェナがいーの！」

フランは泣きながら叫んだ。

「フラン、シェナがいーの！」

「フラン……」

誰も、二人を引き離すことなどできなかった。強引にフランを連れて行こうとした彼女までも、言葉を失ってその場に立ち尽くしている。

「誰が自分のことを愛してくれるのか、誰よりもわかっているのはフラン自身です」

その場を収めるように、ジェラルドは静かに告げた。

「フランを権力争いやお家騒動に巻き込むわけにはいきません。そして何よりも、フランは私の息子です。だからどこにもやりません。この国で、私と瀬名が育てて行きます。アメリアの分も」

その言葉は、静かに会場に、皆の胸に染みわたっていった。

「バースデーケーキの用意を」

場を仕切り直すようにジェラルドが告げ、やがて色とりどりのフルーツで飾られたケーキが運ばれてきた。王宮の料理長に手ほどきを受け、瀬名がフランのためにと作ったものだ。

三本のキャンドルには柔らかな炎が揺れている。『ハッピーバースデー』の歌声の中、フランは三つの炎を元気に吹き消した。

「おめでとう、フラン様！」

「おめでとう、ジェラルド殿下、瀬名さん」

二つの祝福が飛び交う中、瀬名は思いを込めてフランの頬にキスをした。

「生まれてきてくれてありがとう。フラン」

フランは小さな唇で、瀬名の唇にちゅっとキスを返した。驚いて目を見開いた瀬名に、甘くて可愛い追い打ちをかける。まったく、そんな言葉をいつ覚えたのだろう。

「シェナ、あいちてる」

「……十五年後には、恋敵《こいがたき》決定だな」

「こいたがき、なーに?」

苦笑したジェラルドに、フランはあどけなく聞き返した。

＊　＊　＊

誕生パーティーではしゃぎ疲れたフランは、ぐっすりと夢の中だ。寝付いたのを確認したそばから抱き上げられ、瀬名はジェラルドの寝室に運ばれた。

服を脱がされ、視線で動けなくされて、甘い甘いキスと愛撫で翻弄されて、どれくらい時間がたったのだろう。

「ふ、あ……ん――」

胸をまさぐる金髪の頭を抱きしめ、瀬名は甘くもとろけそうな声を上げた。肌に密着した唇に、まだ誰にも触れられたことのない胸の突起を探し当てられる。

「や、んん……っ!」

舌で粒をころがされた時、腰に震えがきて止まらなくなった。

「もうダメ……またイク、から……っ。あ、ああ、やぁ——」

頭を振りたくって悶《もだ》えるけれど、ジェラルドは許してくれない。もう、既に一度達しているのだ。ジェラルドの口内で、健気に勃《た》ち上がっていた茎をとろとろにされて。

射精してくったりと脱力していた瀬名を、ジェラルドは膝の上に抱え上げていた。この体勢では、胸の粒を可愛がられ放題だ。首筋から辿《たど》られたキスの軌跡が、白い胸元に紅い花をいくつも散らしていた。

「我慢しなくていい。感じている顔をもっと見せて……？」

「やだ……はずかし……っ、あ——んっ」

睦み合うことを覚えたばかりの無垢な身体は快感に素直で、どこを触られても感じてしまう。鋼《はがね》のようにしなやかな逞しさを見せつける裸身を目にした時から、瀬名は熱に浮かされたようになっていた。

ジェラルドという熱に。

「ジェラ、ルド……っ」

呼び捨てなんてできないと言ったことなんか忘れていた。初々しい尖りを舌で弄《もてあそ》ばれ、二度目の大きな波がやってきて自分を保てなくなる。ジェラルドの膝の上で顎をのけぞらせて喘ぎながら、瀬名は屹立《きつりつ》を震わせた。

「好き……好き、ジェラルド……あ、あ――っ」

さらわれそうになる身体を、ジェラルドがしっかりと抱き留めてくれる。彼にかじりついて柔らかな髪の中に顔をうずめ、あふれ出す間、ただ泣きじゃくった。

初めて抱かれた時よりも感じやすくなっている。ただ夢中なのは変わらないけれど、あの時はまだ、思いを確かめ合っていなかった。気持ちよくても、もっと触れられたいと願っても、それはただ、自分だけの浅ましい情欲だったのだ。

だが、今は違う。思いを告げた分だけ、いや、それ以上にジェラルドの心が返ってくる。互いに欲しいと思うその心の先にあるものが、二人同じだとわかっている。

「可愛いよ。瀬名――愛してる」

ジェラルドの手のひらが小さな尻に這わされて、長い指の先が窄まりに触れる。難なく挿入を許してしまうのは、瀬名の残滓がそこに塗り込められているせいだ。

ジェラルドの首に縋り、指が身体のなかを探るのに任せる。内壁をほぐすように、とろかすように蠢《うごめ》くジェラルドの指を感じていたら、「辛くないか？」とキスと一緒に確認された。

「きもち、い……」

「感じやすいな、瀬名は」

唇を啄みながら落とされる揶揄も、とびきり甘い。極上のワインもシャンパンも、枷《かせ》を外したジェラルドには敵わない。僕をこんなに酔わせるのはあなただけ。

「だ……って、あなたに触れられてるから……」

反論は舌にかきまわされて溶かされ、意味をなさなくなってしまった。深くなるキスに呼応して、ジェラルドの指の動きも濃密になる。何かを確かめるように、内壁を緩く擦ったり、そっと押したりする。

「ああっ――」

抑えられなかった声に、ジェラルドはなかで抜き差ししていた指を止めた。

「そこ……変……」

止められた指の触れるところから、疼きが涌いてくる。淫らに腰を捩らずにいられなくて、「だって、変……」と繰り返すと、ジェラルドは未知の感覚にわななく唇を、触れるだけのキスであやしてくれた。

「――わかった」

わかったって何が……？

問う間もなく、怖いくらいに艶めいたジェラルドの微笑が、瀬名の戸惑いと怖れを拭い去る。

「や……やっ！」

その一点を弄《いじ》られて拒否めいた声を発してしまうのは、快感が深いせい。だが、瀬名が嫌がっているわけではないことを、ジェラルドはわかってくれていた。

いや、それよりむしろ――。

「私の指を締めつけているのがわかるか？」

「わからな……あ、あっ……ん」

「ひくついて、もっと奥へと誘っている」

ほら、と入口に手をいざなわれ、身体が悦んでいることを教えられる。

「もぅ、やあ……っ」

潤んだ目で睨み返すと、ジェラルドは宥めるように瀬名の汗ばんだ額にキスを繰り返した。

「そんな可愛い顔をしたって、私を煽るだけだ」

そう言って、今度は強く抱きしめてくる。

「瀬名のなかに入らせて」

耳朶に囁きが触れて、全身が粟立った。欲しがられる嬉しさに、ぞくりと身体が震えるのを止められない。

「挿《い》れて……」

ジェラルドの顔に両手を添えて、正面から彼を見つめた。藍色の瞳に、淫らに愛をねだる自分が映っている。

「僕のなかに入ってきて――」

言葉が終わらないうちに身体を倒され、背中がシーツに沈んだ。潤みきったそこにあてがわれたジェラルドの熱が、うねる襞を押し分けながら一気に入ってくる。

十分に可愛がられてほぐされたから、苦痛などなかった。あるのはただ、彼と一つになった悦《よろこ》びだけ。彼の先端が、先ほど教えられたところを擦りあげて、瀬名の背は弓なりにシーツから浮き上がった。

その背を掬《すく》い上げられ、細く括《くび》れた腰を捕えられる。そのまま揺さぶられ、身を包む快感に、瀬名はむせび泣いた。

「い……いっ」

熱い欲望に深く穿《うが》たれ、絞り出すような喘ぎが漏れる。行き来するジェラルドの熱が、瀬名のなかをとろかしてしまう。

「や……あ……っ」

「瀬名……私の、瀬名」

「っあ、っ、は――」

「瀬名――」

「ん、あ、ん、ジェラ、ルド……っ――」

　気を失いそうになる愉悦《ゆえつ》の中で、瀬名は懸命にジェラルドの背に腕を這わせてしがみついた。揺さぶられるたびに視界がぼやけて、愛する男を見失いそうになる。それが怖くて、さらに彼の腰に脚を絡みつけた。

「好き……っ――好き、好き――…………」

　叫ぶように喘ぎながら、なかのジェラルドを締めつけた。端正すぎる彼の顔が悩ましげに歪み、一層深く穿たれる。

「あ……ん――……」

「くっ……」

　身体の奥に熱い滾《たぎ》りが満ちて行く……瀬名もまた、ジェラルドの肌を飛沫《しぶき》で濡らす。だが、互いに達しても尚、離れることなんてできない。

「やめ……ないで」

「やめない……やめられないよ。君は私のものだ」

　そして、私は君のものだとくちづけで教えられる。未来永劫《えいごう》、やがて二人でこの国の土に還る日が来ても――。

二人が抱き合って眠りに落ちたのは、それから数時間後のことだった。

その夜、ラプフェルには今年初めての雪が舞った。二人を祝福するように、粉雪が世界を純白に染め上げていった。

エピローグ　～イエス・ユア・ハイネス～

パソコンでの作業が一段落つき、瀬名はモニターをぱたんと閉じて、椅子の上で大きく伸びをした。

「ちょっと根《こん》を詰め過ぎたかな」

時刻はもう午前一時をまわっていたが、ジェラルドはまだ仕事から戻らない。だが、王子としての公務ではなく、油田の仕事に携わっている時は、特に珍しいことではなかった。そういう時には、待たずに先に寝るようにと言われている。

「フランの世話だけじゃない。君にも君の仕事があるのだから」

ジェラルドが言うように、瀬名は今、ラプフェルの童話や児童文学の日本語訳に携わっている。子育てと仕事の両立は大変だが、毎日がとても充実していた。

寝る前にフランの様子を見に行くのが瀬名の日課だった。ジェラルドとベッドを共にする日は、そのまま眠ってしまうこともあるのだが。

すやすやと気持ちよさそうな寝息を紡《つむ》ぎなら、フランはよく眠っていた。

天使のような笑顔に見入り、ブランケットを直してあげようとした時、フランが絵本を抱いたまま眠っていることに気がついた。

「いつのまに……」

それは、三歳の誕生日にハリス女史より贈られた、『フランおうじのだいぼうけん』だった。

今では、『三匹のこぶた』を抑え、フランの一番のお気に入り絵本だ。一方、瀬名が訳した日本語版はたちまち版を重ね、ベストセラーとなっていた。

「部屋にいないと思ったら、やっぱりここだった」

そうっとドアが開き、ジェラルドが入ってきた。「おかえりなさい」そして「ただいま」のキスを交わし、二人でフランのベッドサイドに寄り添う。

ジェラルドと一緒にフランの寝顔を見守るひと時は、瀬名にとって至福《しふく》の時間だった。

彼らと出会ってもうすぐ一年。だが、今でもこれは夢ではないだろうかと、ふと不安になるのだ。

「今日ね、お絵描きがすごく上手にできたんです。ダディに見せるんだって言ってがんばって起きてたんだけど、寝落ちしちゃって」

「それは朝が楽しみだな」

その絵は、初めて描いた『ダディ』の絵だった。ぐるぐる描きにフランが名前をつけたものだけれど、ジェラルドの喜ぶ様子が目に見えるようだった。

「そうだ瀬名、やっと休暇が取れたよ」

「本当に？」

「ああ。アーサーがスケジュールを調整してくれた。来月は三人でバカンスだ」

笑った顔が迫ってきて、唇が重なる。何度か啄み合ったあと、触れた唇が囁いた。

「結婚式をしよう。瀬名」

正式に婚姻《こんいん》の発表をして『瀬名・藤堂・オブ・ラプフェル』になってはいたものの、実は結婚式はしていなかった。

瀬名にすれば、皆の前でプロポーズしてくれたことだけで十分だったし、大々的に式を挙げるなんて恐れ多かった。そんなわけで結婚式にこだわってはいなかったのだが、ジェラルドはそうではなかったらしい。少年のように、藍色の目を輝かせていた。

「南端の岬《みさき》に、ラプフェル神話の舞台になった神殿がある。そこで愛を誓うんだ。君と、私と、そしてフランの三人で。君はもうベビーシッターじゃない。ラプフェル王国の第一王子、ジェラルド・クリスティ・オブ・ラプフェルの伴侶《はんりょ》なのだから」

　改めて言われ、幸福感が込み上げた。頬を染めた瀬名の腰を抱いて、ジェラルドは耳元で囁く。

「では、改めてもう一度プロポーズをさせてくれ」

「もう一度？」

「フランの前で誓うための、取っておきのプロポーズだ」

　微笑んで、ジェラルドはその場にひざまずく。そして恭しく瀬名の手を取った。

「瀬名、君を深く愛している。どうか私と共に、フランの子育てをしてくれないか？」

　茶目っ気にあふれたプロポーズに、瀬名もまた、いたずらっぽく答える。

「イエス・ユア・ハイネス――はい、王子様」

　笑い合い、二人は幸せなキスを交わす。

　眠ったまま、フランも幸せそうに微笑んだ。

ＦＩＮ

あとがき

セシル文庫さまでは初めまして。墨谷佐和《すみたにさわ》です。本書をお手に取っていただき、ありがとうございます。少しでも楽しんでいただけたかなあと、関西のはずれでドキドキしています。

さて、セシル文庫といえば子育てBL《ビーエル》。子育てものを書かせていただくのは初めてではないといいえ、今回のお題はゴージャス、そして王族。普段、ゴージャスからも王族からも果てしなく遠い所で生活しているので、そこはもう、妄想と想像と萌《も》えを総動員するしかありません。しかしながら、友人に「こういう設定どう思う？」と意見を求めたところ、「それはゴージャスではなく、ただの成金《なりきん》では？」と指摘されて目が覚めたことも。

そんなわけで、結局『フェアリーランド』（お察しの通り、某有名テーマパークがモデルです）の貸し切りはやめになりました。当初は「それはもう貸し切りでしょう！」と意気込んでいたのですが。

　そんなわけで、ゴージャスとはちょっと違うものが出来上がったかもしれません。でも、架空の国や、そこで暮らす人々のことを考えるのは本当に楽しかったです。

　今回は、二人の王子様が登場します。フランとジェラルド——金髪碧眼で美形のキラキラ親子です。どうせなら思いきり麗《うるわ》しくしよう！　と思ったものの、結果的に描写に苦しんだのでした……。

　一方で、実は頭の中でフランにいろんな服を着せて楽しんでいました。いろいろ迷った挙句、セーラーカラーのブラウスと耳付きニット帽子、もこもこパーカーは外せなかったのですが、甚平《じんべい》を着せられなかったのが心残りです。足元はもちろん、キュッキュと音が鳴るサンダル。いつか必ず……！

　フランは言うまでもなく、ジェラルドと瀬名のキューピッドなのですが、今回は『子はかすがい』という方が合っているかもしれません。今作のテーマは、家族愛よりも子どもの可愛さだったのですが、フランの幸せと、ジェラルドと瀬名の幸せは切っても切れないものなので、フランの成長と共に大人たちのじれじれ恋愛も楽しんでいただけたら嬉しいです。

　そして密《ひそ》かに、私のお気に入りは側近《そっきん》のアーサーだったりします。（いつもサブキャラ押

しなのです）
眼鏡を外せば実は美形。瞳の色は灰色がかった青です。ジェラルド王子とは乳兄弟《ちきょうだい》で幼なじみなので、歯に衣着せぬ意見を述べたりします。王子と交代で、夜泣きするフランをおんぶしたこともあります。彼のこともいつか幸せにしてあげたいな。
放置しがちな(汗)ブログや小説サイトもありますので、番外SS的なものを更新していけたらと思っています。三人の温泉ツアーや神殿での結婚式など、書き残したエピソードもありますので……。
一応、ツイッターもやっています。興味をお持ちの際は作者名で検索していただけましたら幸《さいわ》いです。

お世話になった方々にお礼を。

イラストをいただいた秋山《あきやま》こいと先生。『宗教画の天使』などという途方もない設定のフランを可愛く可愛くしていただいてありがとうございました。本当に、私のイメージ以上でした。いただいたキャララフは老後の楽しみ決定です。

瀬名やジェラルドの髪型なども細かく考えてくださって感激です。特に、瀬名のアルバイトコスチュームと、『正統派ロワイヤル』ジェラルド殿下の横顔がもう！　文章が本になるのは、本当にイラストあればこそ……深く感謝します。

そして担当様、今回はチャンスを与えてくださってありがとうございました。いつもメールのお返事が早くて感謝感謝です。これからも良いものが書けるようにがんばります。

最後になりましたが、励《はげ》ましてくれた友だち、いつもゆるーく見守ってくれる家族、刊行を待ってくださった読者様、そして本書を手にしてくださった全ての方、ありがとうございました。また次の本でお目にかかれますように。

二〇一六年　聖バレンタインデーの頃　　墨谷佐和

セシル文庫をお買い上げいただき、ありがとうございます。
この本を読んでのご意見・ご感想・ファンレターをお待ちしております。

☆あて先☆
〒154-0002　東京都世田谷区下馬6-15-4
コスミック出版　セシル編集部
「墨谷佐和先生」「秋山こいと先生」または「感想」「お問い合わせ」係
→EメールでもOK!　cecil@cosmicpub.jp

セシル文庫

王子《おうじ》と子育《こそだ》て ～ベビーシッターシンデレラ物語～

【著者】　墨谷佐和《すみたにさわ》
【発行人】　杉原葉子
【発行】　株式会社コスミック出版
〒154-0002　東京都世田谷区下馬 6-15-4
【お問い合わせ】　-営業部-　TEL 03(5432)7084　FAX 03(5432)7088
-編集部-　TEL 03(5432)7086　FAX 03(5432)7090
【ホームページ】　http://www.cosmicpub.com/
【振替口座】　00110-8-611382
【印刷／製本】　中央精版印刷株式会社

乱丁・落丁本は、小社へ直接お送り下さい。郵送料小社負担にてお取り替え致します。
定価はカバーに表示してあります。